Andrea Gunkler

DUNKLE GESCHICHTEN AUS

Kassel

Bildnachweis
S. 6: Krassotkin/WC; S. 11: tomaszpro/PB; S. 13: AG; S. 17: AG; S. 23: Christian Bickel/WC; S. 28: Kamran Safi/WC; S. 31: DDB; S. 34: AG; S. 39: DDB; S. 42: Baummapper/WC; S. 45: DDB; S. 48: AG; S. 53: Elmar Nolte/WC; S. 59: Nomadic Lass/WC; S. 61: UB; S. 67: AG; S. 70: ABWS6/WC; S. 73: AG; S. 77: DDB
WC: Wikimedia Commons; PB: Pixabay; DDB: Deutsche Digitale Bibliothek; AG: Andrea Gunkler; UB: Ullsteinbild

Quellennachweis
Planetarium: kassel.de und Wikipedia
Gruselbus: HNA 8.7.2017 „So gruselig ist Nordhessen: Ein Streifzug durch dunkle Mythen der Region", RegioWiki Artikel über Christian von Eschwege
Nachtleben: HNA 17.01.2020 „Kasseler Club-Sterben: Diese Clubs waren früher der Renner", Wikipedia-Artikel „Stammheim (Diskothek)", „Zeitgeist Stammheim" (Filmdokumentation von Christine Lyschik und Tim Richter auf YouTube)
Museum für Sepulkralkultur: Homepage des Museums, YouTube-Videos „#Vorsorgeweitblick: Die Sepulkralkultur" und „20 Jahre Museum für Sepulkralkultur", kulturerbe-friedhof.de
Bergpark: kassel.de und Wikipedia
Bombennacht: lokalo24.de vom 19.2.18 und 10.2.18 „Mädchen entkam der Bombennacht durch winziges Kellerfenster", Wikipedia über den Luftangriff auf Kassel
Fledermäuse: „Die Kasseler Fledermausmama" hr4-Interview vom 23.8.2019, „Bauchmassage für den Flattermann", HNA 24.7.19, nabu.de
Erdkilometer: Atze live im FFH Studio (14.10.2019), HNA, kassel.de, kassel-marketing.de, Wikipedia
Aschrottbrunnen: Wikipedia, kassel.de
Künstlernekropole: Wikipedia, kassel.de
Urban Exploring: hessenschau Reihe „Lost Places", Oktober 2019 (ARD Mediathek)
Mausoleum Lenoir: Wikipedia-Artikel zu George André Lenoir, Homepage des Lenoir-Museums. HNA 17.3.2015: „Kasseler Eigentum außerhalb der Stadt"
Grimm: HNA 17.9.2019 „Ist der Wolf zurück im Landkreis Kassel?"
Proll: Wikipedia, Der dritte Weg der Astrid Proll (Uta Andresen, taz-Archiv 8.8.1998), Der tote Trakt (Gabriele Goettle, taz 23.11.2008), „Die Zeit läuft uns davon" (Interview Proll mit Michael Sontheimer, ZEIT 14.4.1989)
Bunker: HNA 2.7.2019 „Bunkerumbau: Wohnen in der Festung in Kassel-Rothenditmold", „Kasseler Bunker zum Wohnhaus umgebaut" in der hessenschau, Sendung vom 29.9.2019
Unterführungen: HNA 23.8.2016 „Kassel macht fast alle Unterführungen dicht" und 2.3.2018 „Unterführung am Kasseler Staatstheater wird jetzt verschlossen", kassel.de
Absturzbauwerk: Atelier Raumgewinn
Fieseler: Zeitzeugen aus „Erinnerungen im Netz"; Wikipedia-Artikel zu Gerhard Fieseler und den Fieseler-Werken

1. Auflage 2020

Umschlaggestaltung: r2 | Ravenstein, Verden
Layout und Satz: Schneider Professionell Design, Schlüchtern-Elm
Druck: Druckerei Zimmermann Druck + Verlag GmbH, Balve
Buchbinderische Verarbeitung: Buchbinderei S. R. Büge, Celle

34281 Gudensberg-Gleichen, Im Wiesental 1
Tel. 0 56 03 - 9 30 50 www.wartberg-verlag.de
ISBN 978-3-8313-3301-1

Inhalt

Vorwort

Liebe Leserinnen und Leser!
Eigentlich ist Kassel die strahlende Metropole Nordhessens. Dem Vorbeifahrenden auf der Autobahn A7 zeigt sie sich mit dem Herkules, der seit dreihundert Jahren oberhalb der Stadt auf der Wilhelmshöhe steht, bei Nacht in all seiner Pracht ausgeleuchtet. Manche bezeichnen Kassel als eine der unterschätztesten Städte Deutschlands. Hier bestaunt man spektakuläre Wasserspiele, hier trifft sich die Welt alle fünf Jahre auf der documenta, um sich ihre zeitgenössische Kunst zu zeigen. Kunstschätze hat die Stadt sowieso ohne Ende zu bieten.
Und doch: Auch hier lauert manches unter der Oberfläche, was man auf den ersten Blick nicht sieht. Davon will ich in diesem Buch erzählen. Lesen Sie über besondere Friedhöfe, Entdeckungen unter der Erde und bei Nacht, lernen Sie grimmige Persönlichkeiten kennen (aus Neuzeit und Mythologie) und schauen Sie mit mir in die Sterne.
Dabei wünsche ich Ihnen viel Vergnügen.
Und falls Ihr Lesehunger noch nicht gestillt ist, empfehle ich Ihnen mein Buch „Dunkle Geschichten aus Nordhessen“. Darin finden Sie noch ein paar „Dunkle Geschichten“ aus Kassel.
Schöne & schaurige Lesestunden wünscht Ihnen

Andrea Gunkler

„Durch Mühsal zu den Sternen“ – Im Planetarium im Astronomisch-Physikalischen Kabinett

Machen Sie das auch so gern? In einer wolkenlosen Nacht den Blick nach oben richten und in die Sterne gucken? Dann seien Sie herzlich willkommen im Club!

Obwohl wir förmlich ins Nirgendwo schauen und das, was uns da entgegenblinkt, womöglich seit Jahrmillionen nicht mehr existiert, hat der Sternenhimmel für uns Menschen etwas Erdendes. Wir sind hier unten, mit beiden Füßen auf dem Boden, stehen fest und sicher dank der Erdanziehungskraft – und unsere Fantasie kann sich aufmachen zu einer extraordinären Reise, zum Mars vielleicht, dessen Besiedelung seit langem ein Traum vieler Menschen ist, zum Uranus mit seinen Ringen, zum Gasriesen Jupiter oder noch viel weiter hinaus, über den Rand unserer Galaxie in die Unendlichkeit des Weltalls, das sich immer noch ausdehnt, ins ewige Schwarz des Universums.

Das würden Sie gern öfter tun, wenn es in Kassel nur möglich wäre? Dank Lichtverschmutzung sind höchstens die hellsten Sterne zu sehen, wenn die Bewölkung es denn zulässt. Für alle, denen das nicht genügt, hält das Planetarium in der Orangerie alles bereit, was das Sternenguckerherz begehrt. Wetterunabhängig und sogar am helllichten Tag bei strahlendstem Sonnenschein lässt sich in der von Projektoren beschienenen Kuppel der Lauf der Sterne verfolgen, bequem in einem Sessel liegend und ohne die Gefahr einer Genickstarre.

Möglich machen dies die Projektorensysteme, mit denen das Planetarium arbeitet. Es ist eine Hybrid-Ausstattung, die dem Besucher die bestmögliche Multimedia-Sternenerfahrung bietet. Der erste Projektor, ein Skymaster ZKP 4 aus dem Hause Carl

Zeiss Jena, erlaubt es, alle beweglichen Objekte am Himmel, also Mond, Sterne, Planeten, sowie deren Lauf und Anordnung zueinander darzustellen, und zwar an jedem beliebigen Tag, ob in der Gegenwart, in der Vergangenheit oder in der Zukunft. Bis zu 7000 Sterne bringt der Skymaster in die Kuppel. Weitere Einstellungen ermöglichen es, virtuell den Standort zu wechseln, sodass der Besucher von Kassel nach Buenos Aires reisen kann, um von dort aus den südlichen Sternenhimmel zu bewundern, ohne auch nur den Fuß zu rühren. Und per Knopfdruck geht es zurück in die Arktis zu den Polarlichtern.
Das Multimedia-Erlebnis wird durch ein zweites Projektorensystem ergänzt, das jeden beliebigen Inhalt auf die Kuppelfläche bringen kann. Hierbei handelt es sich um den Full-Dome-Projektor „Velvet Duo" mit zwei 180-Grad-Beamern, die überlappungsfreie Bilder in die Kuppel werfen. Im Kasseler Planetarium misst die übrigens zehn Meter im Durchmesser, was es zum größten in Hessen macht. Mittels des Full-Dome-Projektors lassen sich

Planetariumsprojektor Skymaster ZKP4 aus dem Hause Carl Zeiss, Jena.

Erläuterungen einblenden, die dabei helfen, Sachverhalte am Sternenhimmel zu verdeutlichen. So entstehen zum Beispiel virtuell die Sternbilder. Die Software des Projektors kann sich die neuesten Bilder von den Marssonden herunterladen, sodass Sie einen Erkundungsflug zu unserem Nachbarplaneten unternehmen können – von Ihrem Sessel aus.

Das Zusammenspiel von Planetenprojektor und Multimedia-Beamern macht den Blick in die Sterne zu einem Spektakel. Thematisch aufbereitete Shows entführen Sie nach Atlantis ins heutige Akrotiri auf der griechischen Insel Santorin. Mithilfe der damaligen Sternenkonstellation kann nach Ursachen für den Untergang dieser Kultur geforscht werden, die schon Plinius der Ältere in seiner Geschichtsschreibung erwähnte. Die Show geht auch der Frage nach, ob die Atlanter womöglich ein Wissen aus den Sternen generiert hatten, das heute verloren ist.

Eine andere Show macht Sie zum Raumfahrer und nimmt Sie mit auf eine Erkundungsreise, die zeigt, wie Observatorien heutzutage arbeiten und welche Schritte wir Europäer auf unserem Weg zu den Sternen unternommen haben. Immerhin ist die ESA (European Space Agency) heute ein höchst bedeutender Player in der Weltraumforschung.

Für die Kleinen (und jung gebliebenen Großen) gibt es Märchenvorführungen, etwa den Film „Der Mond – ein Märchen unter Sternen“, frei nach dem gleichnamigen Märchen der Gebrüder Grimm, eine Produktion des Planetariums in Jena. Eine Gruppe von Menschen, unterstützt von viel Magie und einem sprechenden Schwein, macht sich auf den Weg, um den Mond zu finden, weil dort, wo sie leben, keiner scheint. Für Klangbegeisterte untermalt Musik von Pink Floyd unter dem Motto „The dark side of the moon“ den Lauf der Gestirne.

Mit der modernen Projektionstechnik ist der Fantasie dessen, was in der Planetariumskuppel gezeigt werden soll, kaum noch eine Grenze gesetzt. Wenn Sie sich aber doch lieber das anschauen wollen, was aktuell am Sternenhimmel geschieht, dann besuchen Sie eine der Sternwarten in und um Kassel. Der Arbeitskreis Astronomie Kassel e. V. betreibt das Sternengucken seit 2012 vom Dach des Schülerforschungszentrums in der Albert Schweitzer-Schule aus. Hier steht das Instrumentarium, das bis zu ihrer Schließung 2011 in der Sternwarte Calden verbaut war. Etwas außerhalb von Kassel, in der Gemeinde Fuldatal, befindet sich die Volkssternwarte Rothwesten.

Das Betrachten der Sterne und deren Erforschung hat in Kassel eine lange Tradition. Schon die absolutistischen Herrscher des 16. Jahrhunderts faszinierte das Funkeln am nächtlichen Himmel, und sie investierten in Teleskope und Observatorien – und in Menschen, die ihnen erklären konnten, was dort oben vor sich ging. Landgraf Wilhelm IV. ließ 1560 das erste Observatorium Europas auf dem Dach des Stadtschlosses errichten. Sein Haus- und Hofastronom war später der Schweizer Uhrmacher Jost Bürgi, der sich mit dem Bau von Himmelsgloben europaweit einen Namen machte. Bedauerlicherweise wurde die Sternwarte beim Großbrand des Stadtschlosses im Jahr 1811 zerstört. Die Instrumente konnten gerettet und später in die Orangerie gebracht werden. Sie bilden den wichtigsten Bestand des heutigen Astronomisch-Physikalischen Kabinetts.

Ob bei Tag oder Nacht: In Kassel sind Sie jederzeit dem Himmel ganz nah. Vergessen Sie „per aspera ad astra“, denn es kostet Sie keine Mühe, zu den Sternen zu reisen, höchstens ein paar Euro Eintritt und etwas Zeit.

Von Schwarzen Rittern, Hexen und Irrlichtern – Eine Fahrt mit dem Gruselbus

Wer sich in den Wintermonaten dieser besonderen Art von Stadtführung anschließt, der kann was erleben!

Eine Frau in schwarzem Gewand, die schwarzen Haare lang, eine weiße Strähne rechts und links der Augen, das Gesicht kontrastreich geschminkt ... wer denkt da nicht sofort an eine Zauberin oder an eine Hexe? Tatsächlich kann die Museums- und Stadtführerin zaubern; mit Aufmachung, Stimmlage und wie sie erzählt, vermag sie den Gästen ein schaurig-schönes Erlebnis zu bereiten. Wie sie die Sätze betont, da können einem schon mal Schauer über den Rücken laufen. So richtig schön zum Gruseln ist das, aber trotzdem vollkommen sicher, schließlich sitzt man in den warmen Polstern eines gut geheizten Busses.

Doch an manchen Stätten früheren Grauens, an der Fulda zum Beispiel, wo einst die Hexenprobe stattfand, bei der Stadtkirche oder im Reinhardswald fährt einem ein kalter Windhauch ins Gesicht, wenn es heißt, den warmen Bus zu verlassen und sich ein paar Schritte in die Dunkelheit zu wagen. Glück hat, wer das in einer klaren Nacht tun kann, wenn über einem die Sterne funkeln und der Mond die Szenerie beleuchtet. Da ist einem schon von ganz allein etwas unheimlich zumute und man lauscht besonders intensiv auf die Geräusche, die einen umgeben. Hat da etwas geraschelt im Unterholz? Was war das für ein Schatten, der da übers Pflaster gehuscht ist? Und hat da im Wasser nicht gerade etwas geplatscht?

Der Gruselbus lädt seine Besatzung an einigen Stellen der Stadt ab, die einem bei Tag völlig ungruselig erscheinen. Erst bei passendem (Nicht-)Licht und mit der entsprechenden Geschichte geht einem die Furcht durch Mark und Bein.

Die Erlebnisreise führt auch aus der Stadt heraus, hinauf in den Bergpark Wilhelmshöhe und in den Reinhardswald. Die Zauberin geht voran in die Dunkelheit, in den finsteren Wald, wo es vor Unholden und Irrlichtern nur so wimmelt. Vom Taschenlampenlicht angestrahlte Baumstämme, uralte knotige Riesen, die scheinbar seit Anbeginn der Zeit hier wachsen, werfen gruselige Schatten. Nach und nach, angetrieben vom stärksten Grafikchip, den es auf der Welt gibt – von der menschlichen Vorstellungskraft nämlich – zeigen die Gäste sich gegenseitig die Fratzen und Ungeheuer, die sie in den Silhouetten entdecken. Der Mond befeuert die Schatten auf dem verschneiten Laub, das unter jedem Schritt kracht und knackt. Die Sinne sind bis zum Äußersten angespannt, jedes Knistern und Fiepen lässt einen herumfahren. Passend zur schaurigen Stimmung ruft irgendwo eine Eule.

Bei aller Stimmungsfülle im nächtlichen mondbeschienenen Wald ist man dann doch froh, wieder im sicheren Bus zu sitzen. Doch da gibt es ja noch der Geschichte vom Schwarzen Ritter zu lauschen. Im Haus der Kurfürsten von Hessen war es Sitte, dass ein Schwarzer Ritter den Herrscher zu seiner letzten Ruhestätte geleitete. Im Jahre 1821 trauerte das Kurfürstentum um Wilhelm I. Ein Totenritter musste gefunden werden, der den Leichenzug zur Löwenburg anführte. Doch um diese Aufgabe drängelten sich die Ritter des Fürstentums keineswegs, galt die Rüstung, die der „Schwarze Ritter" als Symbolfigur für den Tod zu tragen hatte, als verflucht. Wer sie anlegte, war selbst dem Tode geweiht. Der junge Ritter Christian von Eschwege meldete sich schließlich freiwillig für diese heikle und doch so ehrenvolle Aufgabe. Vom Schloss Wilhelmshöhe aus führte der Weg über den Leichenweg durch den Bergpark hinauf zur Löwenburg, wo er um Einlass für seinen Herrn ersuchte. Doch erst beim dritten

Nachts im Wald bei Taschenlampenschein ist Gänsehaut garantiert!

Mal, als er den toten Fürsten als „armen Sünder" ankündigte, öffnete man ihm die Tore und seine Aufgabe war erfüllt.
Tatsächlich verstarb Christian von Eschwege noch im Jahr der Beisetzung Wilhelms I. – wie so viele vor ihm, die die Rüstung des Schwarzen Ritters getragen hatten. War sie also tatsächlich verflucht? Ist der junge Mann einer alten Verwünschung zum Opfer gefallen? Ganz so dramatisch soll es dann doch nicht gewesen sein. Wie es heißt, habe Christian in der Rüstung stark geschwitzt und sich im Luftzug eine schwere Erkältung zugezogen. An ihr sei er im Alter von nur 27 Jahren gestorben. Viel zu prosaisch und kaum zu glauben! An einer Erkältung stirbt man doch nicht! Es wird schon dieser Fluch gewesen sein. Oder doch nicht?
Wie auch immer es gewesen sein mag: Warme Sachen sind für die Fahrt im Gruselbus auf jeden Fall angeraten …, damit man sich beim Aussteigen im Wald nicht den Tod holt.

Ab auf die Piste – Ein halbes Jahrhundert Kasseler Nachtleben

Wer in Kassel die Nacht zum Tag machen will, hat auch in Zeiten von Netflix eine gute Auswahl. Für jede Altersgruppe ist etwas dabei. Ob im „York“ auf der Oberen Königsstraße oder im „Club 22“, Kassels ältestem Tanzschuppen, ob in der Großraumdisko „A 7“ oder in Live-Clubs und Bars auf der „Fritze“, wie Nachtschwärmer die Friedrich-Ebert-Straße liebevoll nennen: Das Angebot ist bunt, vielfältig, für jeden ist etwas dabei, der nachts auf die Piste will.

Genauso bunt und vielfältig ist die Historie der Läden, die es in Kassel inzwischen nicht mehr gibt. Den „Kunstbunker“ etwa, der dem „York“ gegenüber in der Rathausunterführung beheimatet gewesen war. 1987 eröffnet, sorgte er gleich zwei Jahre später für Schlagzeilen und Krawall, weil die Punks, die sich dort treffen wollten, mit dem Verbot ihrer Veranstaltung alles andere als einverstanden gewesen waren. Auf den „Kunstbunker“ folgte das „Hippodrome“, abgelöst vom „Déjà vu“ und vom „Purple Haze“. 2017 wurde die Rathausunterführung verfüllt, ein Teil der unterirdischen Örtlichkeiten ist heute das Zuhause der Stadtbibliothek.

Oder die Kaufburg in der Friedrich-Ebert-Straße: Mit dem „Yello“ fing es an, abgelöst vom „Prigogine“ und dieser wiederum 1997 vom „Soda“, bis 2018 mit Clubs an dieser Örtlichkeit ebenfalls Feierabend war.

Feierabend bzw. Feierwochenende hatten tausende feierfreudige Menschen aus ganz Deutschland bis zum Jahr 2002 in der Salzmann-Textilfabrik in Bettenhausen. Das historische Fabrikgebäude im Osten der Stadt war Domizil des legendären Technoclubs „Stammheim“, gegründet 1994 unter dem Namen

Salzmann & Comp. – Diskothekenstandort 1994–2002, zuletzt, mit bundesweiter Strahlkraft, Zuhause des „Stammheim".

„Aufschwung Ost" – der Name Anspielung auf ein politisches Schlagwort jener Zeit, aber auch Hinweis auf den Standort in der Stadt. (Ob der spätere Name, der gleichzeitig der Name des berüchtigten Stuttgarter Gefängnisses ist, als Reminiszenz auf den Kasseler „Beitrag" zur Roten Armee Fraktion gedacht war, lässt sich nicht mehr nachvollziehen und ist eher unwahrscheinlich.)

Als „größtes selbst organisiertes Jugendzentrum Europas" bezeichnete einer der Gründer die Anfänge des „Aufschwung Ost", dann wurde daraus für viele Raver der Nabel ihrer Technowelt. Die Lage mitten in Deutschland war geradezu perfekt für den Erfolg des Clubs. Technogrößen ihrer Zeit kamen und legten auf: Dr. Motte, Westbam, Sven Väth. Die Resident-DJs, also die Aufleger des Hauses, gaben Gastspiele in anderen großen Clubs, dem „Dorian Gray" in Frankfurt etwa, dem „Tresor" in Berlin oder dem „Ultraschall" in München – in den angesagtesten Läden ihrer Zeit also, mit denen das „Stammheim" in einem Atemzug Erwähnung fand. hr3 übertrug seine „Clubnight" live von hier und die Residents organisierten Veranstaltungen im Rahmen der Berliner Loveparade oder Festivals wie dem „Nature One". Sogar in Paris und London war man zu Gast.

Für landesweite Bekanntheit sorgten auch die Künstler Bringmann & Kopetzki, die mit ihrer Comicfigur „Ravelinde" skurrile Szenen aus der Technowelt in Cartoons packte und in der Zeitschrift „Raveline" veröffentlichte. Ravelinde diente auch als Maskottchen für das „Stammheim" und war auf jedem Flyer zu sehen, den das Künstlerduo im Land herumschickte. Manche sagten, das „Stammheim" habe seinerzeit für Kassel dieselbe Bedeutung gehabt wie die documenta – nur, dass es letztere noch gibt.

2002 kündigten die Eigentümer der Kulturfabrik Salzmann den Diskobetreibern den Mietvertrag. Zunehmend waren Lärm, parkende Autos, Müll und vor allem der noch im Umkreis von fast 2 km zu beobachtende Drogenkonsum und -handel Grund dafür geworden, dass Anwohner sich beschwerten. Ecstasy und andere synthetische Drogen ruinierten seinerzeit den Ruf der Technoszene. Anders als in gewöhnlichen Diskotheken, wo einzelne Songs gespielt wurden, die Anfang und Ende hatten und wo die Tänzer nach drei, vier Liedern in Folge auf einen Drink und ein Gespräch Pause machten, kannten Raves nur einen Anfang, den ersten Beat, und ein Ende, wenn die Lichter angingen. Alles dazwischen war wabernde Bewegung von hunderten Körpern zu dröhnenden Beats aus riesigen Boxen, Zappeln, Juchzen, Schreien und die Arme in die Luft werfen.

Manch einer überschätzte dabei seine Leistungsfähigkeit. Die Lautstärke war kaum zu ertragen und getanzt wurde bis zur absoluten körperlichen Erschöpfung. Da griff so mancher zu Mittelchen, die ihn wach hielten, schließlich wollte man mittun, sich keine Blöße geben. In diese Zeit fiel auch die Entwicklung von Energy-Drinks, hoch dosierten Koffeinbomben, am liebsten im Mix mit Alkohol konsumiert, damit es richtig knallt und man in der Trance des Tanzes nicht mehr mitbekommt, wenn einem die Beine unter dem Körper wegsacken.

Techno, das war für viele eine Lebenseinstellung, eine Rebellion gegen das graue Kleinbürgerestablishment, so wie es einst die Punkkultur und davor die 68er gewesen waren. Als „Bedürfnisanstalt" hatte die HNA Anfang der 1980er-Jahre eine Diskothek tituliert, die damals gerade eröffnete. Der Begriff könnte kaum treffender sein. Denn auch das „Stammheim" erfüllte bei vielen jungen Menschen nach der Wiedervereinigung Ende der 1990er-Jahre ein Bedürfnis, und zwar das nach Zugehörigkeit, aber auch ein bisschen nach Realitätsflucht, und das nach Bedeutung, bevor man sich dem Althergebrachten fügte und im Kreativität absorbierenden System von Arbeit und Konsum verschwand – eine Ära, der viele in ihren beginnenden Fünfzigern heute noch nachtrauern.

Den Tod ins Leben holen – Das Museum für Sepulkralkultur

Wir alle, ob Manager oder Straßenkehrer, Königin oder Putzfrau, müssen eines Tages sterben. So will es das universelle Naturgesetz der Polarität. Leben und Tod bedingen einander wie Tag und Nacht, Licht und Schatten, hell und dunkel.
In unserer Gesellschaft ist das Thema Tod noch immer mit Tabus behaftet, mit Aberglauben auch. Das Sterben und der Tod machen Angst. Niemand kann sagen, was einem Individuum „auf der anderen Seite" blüht, ob ihm überhaupt etwas blüht, ob es für ihn weitergeht, und wenn ja, wie. Aus dieser Fragestellung und mit allerhand Fantasie bauen die Weltreligionen ihre Glaubensgebäude auf für die Zeit nach dem Tod mit dem Ziel, die Angst zu lindern, Trost und Hoffnung zu spenden, dass die geliebten Verstorbenen gut aufgehoben sind, wo auch immer sie dann sein mögen. Denn bei aller Furcht können wir Menschen doch nicht aus unserer Haut. Wir sind neugierig. Wir möchten nicht nur glauben, sondern auch wissen.
An dieser Stelle tritt das Museum für Sepulkralkultur in der Weinbergstraße 25 in Aktion. Es widmet sich der Aufgabe, die Menschen zur Auseinandersetzung mit dem Tod einzuladen – und nach dem Besuch deutlich zu erkennen: Nur wer akzeptiert, dass er sterblich ist, wer sich bewusst macht, dass ihm nur eine gewisse Lebensspanne zur Verfügung steht, kann wahrhaft leben.
1996 eröffnete das Museum seine Türen. Baulich integriert es die Remise, ein Wirtschaftsgebäude der Villa Henschel, die einst von diesem Platz aus die Fuldaauen überblickte, sowie einen angegliederten Neubau von 1992, der, vom Fuß des Weinbergs aus betrachtet, wie ein dritter Flügel der Remise wirkt. Viel Glas

kam zum Einsatz, viel Licht strömt in den Bau, der sich einem doch so düsteren Thema widmet. Vom Balkon aus genießen die Besucher den Blick auf den benachbarten Grimm-Garten, zu Füßen liegt die Karlsaue, am Horizont zeigen Windräder gen Himmel und die drei markanten Schornsteine des VW-Werks Kassel, und rechts flankiert der Herkules auf der Wilhelmshöhe den Blick des Umherschauenden.

So viel Leben überall – und auch die Exponate im Museum zeugen von viel Lebendigkeit, von lebendiger Fantasie, denn schließlich sind es die Lebenden, die sich um den Verstorbenen kümmern. Sie gestalten mit ihrer Liebe und ihren Ritualen den Weg zur letzten Ruhestätte. Sie verzieren Totenschädel mit Sprüchen zum Andenken an den Verstorbenen oder zur Abwehr

Die dem Fuldatal zugewandte Seite des Museums für Sepulkralkultur – links der verglaste Mittelbau, rechts der Flügel der denkmalgeschützten Remise der Henschel-Villa.

von bösen Geistern. Sie nähen die Leichengewänder. Sie meißeln die Lebensdaten und allerhand Verzierung in die Grabmonumente. Sie obduzieren, sie balsamieren ein, sie äschern ein, sie schmücken die Toten und die Gräber, kurz: sie bringen Schönheit in das noch immer Unbegreifliche.
Wie das hierzulande getan wird, also alle Elemente der Bestattung, des Gedenkens, der Grablege und der Gestaltung der Orte, an denen dies geschieht, ist im Jahre 2020 als immaterielles UNESCO-Kulturerbe anerkannt worden. Die Arbeitsgemeinschaft Friedhof und Denkmal sowie das Museum und Zentralinstitut für Sepulkralkultur, gemeinschaftlich Träger des Museums, haben federführend an dieser Auszeichnung mitgewirkt. Denn Friedhofskultur habe eine identitätsstiftende Kraft, heißt es auf der Webseite kulturerbe-friedhof.de. An Orten letzter Ruhe bilden sich die Leistungen der Vorfahren ab sowie die Geschichte auch die Strukturen unserer Gesellschaft.
Hier finden sie alle ihren Platz, ganz nah beieinander, die Manager und Putzfrauen, die Königinnen und Straßenkehrer. Unterschiede gibt es nicht mehr. In Sarg oder Urne sind wir wieder nur noch Erde oder Staub. Allein das Andenken der Lebenden ergänzt diese uns alle gleichmachenden Elemente um all das, was wir im Leben waren oder auch nur dargestellt haben. Davon zeugen die Denkmäler, der Blumenschmuck, die Grabplaketten und die Statuen.
Neben der Dauerausstellung, die uns die verschiedenen Elemente unserer Bestattungs- und Gedenkkultur nahebringt, zeigt das Museum auch andere Facetten von Tod und Sterben, die zu weiterführendem Diskurs anregen sollen. So ist etwa für das Jahr 2021 eine große Sonderausstellung zum Thema Suizid geplant. Bisher wird das Thema im Museum kaum angesprochen, dabei scheiden in Deutschland pro Jahr 10 000 Menschen und

mehr durch eigene Hand aus dem Leben. Spannend ist hier vor allem die Kluft, die sich auftut, zwischen dem gesellschaftlichen Tabu – über Selbstmord spricht man meist nur hinter vorgehaltener Hand, voller Angst und Scham – und seiner Präsenz in Literatur, Film, jeder Art von Kunst. Über diese Kluft eine Brücke zu bauen, darin sieht das Museum seine Aufgabe.

Mehr denn je sind wir heute vom Tod umgeben. Mitten in unser aller Leben platzt er täglich, der Schwarze Mann, ob wir nun Zeitung lesen, Nachrichten schauen, einen Krimi schmökern, uns von Actionfilmen berieseln lassen oder „Ballerspiele“ spielen. Die Dauerpräsenz der Medien hat den Tod in unsere Nähe geholt. In der abendlichen Unterhaltung nehmen wir ihn schulterzuckend hin. Aber sind wir deshalb vorbereitet, wenn er wahrhaftig sein Handwerk ausübt, wenn Gevatter Tod in der Familie oder Nachbarschaft wütet? Diese Frage kann nur jeder für sich selbst beantworten ... und das Museum besuchen.

Leichen im Keller des Herkules – Schaurige Geschichten hinter den Skulpturen im Bergpark Wilhelmshöhe

Über das Weltkulturerbe Bergpark Wilhelmshöhe ist schon so viel geschrieben worden, dass es kaum noch etwas Neues hinzuzufügen gäbe. Und doch darf die berühmteste aller Kasseler Sehenswürdigkeiten in diesem Buch nicht fehlen, denn allerhand Düsteres gibt es dort zu entdecken. Allem voran die unzähligen Höhlen und Grotten des Parks. Sie wurden seinerzeit beim Bau extra mit Basaltgestein ausgekleidet, um den Anschein des Düsteren, Geheimnisvollen noch zu verstärken. Rauschende Feste sollen die barocken Landgrafen hier gefeiert haben.

Kommen Ihnen da auch gleich die Maskenbälle in den Sinn, wie sie aus Kostümfilmen bekannt sind? In meiner Fantasie begegnen sich Herren und Damen der Gesellschaft beim förmlichen Tanz, gekleidet in kostbare Roben, das Antlitz versteckt hinter einer aufwändig gestalteten Maske. Ihnen kamen die versteckten Winkel und Nischen wie gerufen für die geheimen Stelldicheins, die sich hier abgespielt haben mochten. Im Dunkeln war schon damals gut Munkeln.

Doch von den Grotten soll hier nicht die Rede sein. Die dürfen Sie gern selbst für sich erkunden und Ihrer eigenen Fantasie freien Lauf lassen. Ich will vielmehr von den mythischen Wesen erzählen, deren barock ausgeformte Skulpturen all überall im Bergpark entlang der Wasserspiele anzutreffen sind. Sie entstammen sämtlich der griechischen Mythologie, die damals unter den absolutistischen Fürsten schwer en vogue war. Der „Herkules Farnese", geschaffen von einem griechischen Bildhauer im 3. Jahrhundert, den Landgraf Karl in Rom gesehen hatte, musste solchen Eindruck gemacht haben, dass er für den höchsten Punkt seines ab 1696 gestalteten Bergparks genauso eine Figur haben wollte. Etliche der im Park verteilten Statuen sind heute nur noch Nachbildungen, die Originale wurden teilweise schon im 19. Jahrhundert ersetzt, manche sogar durch gänzlich andere Figuren. Heute erzählen die Grotten also teilweise eine ganz andere Geschichte als zu Zeiten der Fürsten.

Fangen wir doch gleich mit dem Herkules an, dem strahlenden Helden, der auf seine Keule gestützt den gesamten Park überblickt, so heldenhaft nackig, dass Fotos von ihm schon mal dem nordamerikanischen Puritanismus zum Opfer fielen und von einem gewissen sozialen Medium wegen Verstoßes gegen Sitte und Anstand zurückgewiesen wurden. Die Leute vom Kassel-Marketing, nicht dumm, photoshoppten dem armen Kerl deshalb kurzerhand ein rotes Höschen an den bronzenen Leib.

Herkules selbst war der Prototyp des griechischen Helden – und er hat etliche Leichen im Keller. Herkules, oder auch Herakles, ist der Sohn des allmächtigen Göttervaters Zeus und Alkmene, einer seiner zahllosen Gespielinnen, einer Sterblichen. Direkt nach der Geburt erlebte der Säugling sein erstes Abenteuer. Aus Furcht vor der Rache von Zeus' Gattin Hera setzte Alkmene das Kind aus. Es wurde gefunden und zu Hera gebracht, die es in Unkenntnis der Tatsache, wer dieses Kind geboren hatte, aus Mitleid stillte. Herakles saugte so heftig, dass Hera ihn von sich stieß. Dabei spritzte die Milch der Göttermutter gen Himmel, wo sie heute noch die Milchstraße bildet. Man brachte den Knaben zu Alkmene zurück, wo er seine erste Heldentat vollbrachte: Zwei Schlangen erwürgte er, die ihn und seinen Zwillingsbruder töten sollten – da war er gerade mal acht Monate alt.

Als Erwachsener ging es weiter mit dem Morden: Er erwürgte den Nemeischen Löwen, er schlug der Hydra die neun Köpfe

ab und brannte die Hälse aus, sodass kein Kopf nachwachsen konnte, er tötete die Stymphalischen Vögel mit Pfeilen, die er in das giftige Blut der Hydra getaucht hatte, und warf Diomedes seinen menschenfressenden Pferden zum Fraß vor. Er tötete die Amazonengöttin Hippolyte, den Riesen Geryon, dessen Herde er raubte, und entführte den Wachhund Kerberos aus der Unter- in die Oberwelt.
Ganz schön viel auf dem Kerbholz hat dieser „strahlende“ Held! Da mag es kaum verwundern, dass er auf besonders qualvolle Weise aus dem Leben schied. Seine zweite Frau ließ ihm ein Hemd bringen, das mit dem Blut eines Kentauren getränkt war, den Herakles zuvor getötet hatte. Dabei hatte die Gattin nur Gutes im Sinn. Der Kentaur hatte ihr im Sterben geflüstert, sie könne mit dem Gewand den Gatten am Fremdgehen hindern. Doch das Textil fraß sich in Herakles‘ Haut und bereitete ihm unaussprechliche Schmerzen. Um die zu beenden, schichtete er sich selbst einen Scheiterhaufen und ließ sich verbrennen. Erst sein Tod besänftigte die Göttermutter Hera und sie vermählte den nun unsterblichen Herakles mit ihrer Tochter Hebe, der Göttin der Jugend.
Zu Füßen des Oktogons, in der Vexierwassergrotte hinter dem Artischockenbecken, warten die nächsten schaurigen Figuren auf die Besucher. Dort befindet sich die Statue der Eris, der Göttin des Neids und der Zwietracht. Weil sie nicht zu einer Hochzeit eingeladen worden war, warf sie einen Apfel unter die Gäste, den heute noch allseits bekannten „Zankapfel“. Auf dem Apfel stand „der Schönsten“ als Widmung, weshalb Aphrodite, Hera und Athene anfingen, um den Apfel zu streiten. Hier schlichtete Paris und der gab den Apfel Aphrodite, die ihm die schönste Frau der Welt als Gattin versprach. Pech nur: Die schöne Helena war bereits mit Menelaos verheiratet, und als der uneinsichtige Paris Helena entführte, entbrannte der Trojanische Krieg.

Standbild des Kentauren Cheiron auf dem Riesenkopfplateau unterhalb des Herkules.

Eris wird oft als kleine verhutzelte Frau dargestellt. Erst wenn sie es schafft, unter den Menschen Streit und Hass zu säen, richtet sie sich zu ihrer ganzen Größe und Schönheit auf. Sie teilt sich die Grotte mit dem Pan, dem Gott der Jagd. Wenn die Wasserorgel in Betrieb war, eine Drehorgel angetrieben durch Wasserkraft, schien es, als kämen die Töne direkt aus seiner Hirtenflöte. Doch die Wasserorgel wird erst nach einer aufwändigen Sanierung wieder zu hören sein. Pan saß aber nicht immer in dieser Nische. Er zog erst im 19. Jahrhundert in die Vexierwassergrotte ein. Davor hatte ein Polyphem, ein Zyklop, die Mittelnische der Grotte beherrscht.

Jener Polyphem wetteiferte seinerzeit mit Herakles um die Gunst des jungen Hylas. Alle drei waren mit dem Zug der Argonauten aufgebrochen, um sie bei der Suche nach dem Goldenen Vlies zu unterstützen. Als Herakles' Boot vor Mysiens Küste ein Ruder brach, ging er zusammen mit seinem holden Hylas und dem Polyphem an Land, um ein neues zu schnitzen. Beim Wasserschöpfen fingen die Nymphen den hübschen Burschen Hylas ein. Polyphem vernahm das Schreien des Jünglings, ging dem nach und fand schließlich Herakles, dem er die furchtbare Nachricht überbrachte.

Die beiden suchten und suchten so lang nach Hylas, dass die Argonauten die Geduld verloren und ohne die drei abfuhren. Hylas blieb verschwunden, Polyphem ließ sich in Mysien nieder und gründete eine Stadt, Herakles selbst kehrte nach Griechenland zurück.

Traurige Geschichte. Aber noch trauriger ist die von Cheiron, dem Kentauren, dessen Standbild das Riesenkopfbecken zur Rechten flankiert. Zusammen mit Triton in der linken Nische kündigt er durch den Stoß in sein Horn die Wasserkünste an. Den Ton der Instrumente erzeugt allein der Wasserdruck.

Cheiron ist der Sohn des Kronos, des Titanen, Bruder des Zeus und der oberste der Kentauren – ein Mischwesen aus Mensch und Pferd. Während andere Kentauren als aggressiv und kriegerisch galten, war Cheiron friedliebend. Doch er bezahlte seine Begegnung mit Herakles mit seiner Unsterblichkeit und also seinem Leben. Die Kentauren hatten Herakles Gastrecht gewährt, doch es kam zum Streit um einen Krug Wein, den Dionysos den Kentauren zugedacht hatte. Herkules erschlug einige der Kentauren und Cheiron traf er mit einem Pfeil, der mit dem Blut der Hydra vergiftet war. Die Wunde bereitete Cheiron so unsägliche Qualen, dass der Kentaur seiner Unsterblichkeit entsagte. Damit rettete er Prometheus, der nach Zeus' Willen erst dann seine Freiheit erlangen sollte, wenn ein Unsterblicher sein Leben gab. Als leuchtendes Beispiel versetzte Zeus seinen Bruder als Sternbild „Centaurus" an den nächtlichen Himmel. Dessen hellster Stern ist Alpha Centauri.

Doch selbst wenn die Beleuchtung, die den „strahlenden" Kasseler Herkules bei Nacht weithin sichtbar macht, einmal ausgeschaltet sein sollte, sieht der Bronzeheld seinen einstigen Widersacher niemals am Nachthimmel. Das Sternbild „Centaurus" steht am südlichen Sternenhimmel.

Nachtaktiv – Faszination Fledermaus

Etwas Kleines lag auf dem Weg, als Isabelle Winter durch den Kasseler Auepark joggte. Zuerst sah es aus wie ein Blatt, aber es war kein Blatt, das wusste sie. Isabelle Winter teilt die Überzeugung, dass Tiere, die Hilfe brauchen, nach demjenigen rufen, der ihnen diese Hilfe geben kann. Als Tochter eines Tierarztes scheint sie genau das richtige Ohr für diese Rufe zu besitzen.
Das Fledermäuschen, das sie an diesem Tag fand, wirkte schon wie tot, das Öhrchen ganz verschrumpelt. Doch mit einem Zucken des Beinchens signalisierte das Tier, dass noch Leben in ihm war. Ohne Zögern nahm sie es mit nach Hause ins Warme. Doch was jetzt mit ihm anfangen? Der NABU half weiter mit Auskünften, erteilt von geübten Fledermauspflegern. Denn das Päppeln eines so winzigen Tiers – Babyfledermäuse sind manchmal kaum größer als ein Daumennagel – stellt einen vor ungeahnte Herausforderungen. Wie kriegt man Futter in ein solch winziges Mäulchen? Welches Fläschchen ist klein genug? Und was für Futter frisst so ein Nachtlebewesen überhaupt?
Als Tierarzttochter hatte sie die notwendigen Hilfsmittel parat, zum Beispiel eine Spritze, in die sie die Mischung aus Welpenmilch, Kondensmilch und Fencheltee füllte und mit deren Hilfe sie das Futter tropfenweise in das Maul des Flattermännchens rinnen ließ. Unter dieser Nahrung, die der Winzling erstaunlich gut verdaute, wuchs das Fledermäuschen rasch heran und verlangte allmählich feste Nahrung. Sie bot ihm Mehlwürmer an, geköpfte Mehlwürmer allerdings; bei der gegebenen Größenrelation von Insektenfresser und Beute bestand die Gefahr, dass die Beute den Insektenfresser biss. Eigentlich ernähren sich die nachtaktiven Flugsäuger von Mücken, Faltern und Fliegen.
Nur vier Wochen dauerte es, und Isabelle Winters erster

Pflegling durfte wieder hinaus in die Natur, um dort sein Fledermausleben fortzuführen in Gesellschaft seiner Artgenossen, die so ein soziales Tier nun einmal braucht. Kuscheln mit einem Menschen ist kein wirklicher Ersatz, wenn auch unter gewissen Umständen besser als nichts.
Nach diesem ersten Pflegling zogen weitere verletzte Fledermäuse in Isabelle Winters Gartenlaube ein, einmal sogar gleich zwei, die zu ihr gebracht wurden, weil sich herumgesprochen hatte, dass sie weiß, wie man die Tiere großzieht. „Däumchen" und „Mückchen" wurden sie geheißen, und auch ihnen kraulte Isabelle Winter im Stadium der Festfutteraufnahme die Bäuche, um ihnen bei der Verdauung der fledermausunüblichen Nahrung behilflich zu sein. Ihren Nachtschlaf opferte sie da schon mal für ihre Schützlinge. Alle zwei Stunden, ob Tag oder Nacht, braucht so ein Fledermausbaby sein Fläschchen bzw. Spritzchen mit der eigens für es kreierten Milchmischung, bevor es weiterschlummern kann und wachsen unter einer Wärmelampe, eingekuschelt in einer Kiste voller weicher Tücher.
So besonders seien diese Tiere, sagte Isabelle Winter im hr4-Interview, so faszinierend mit ihrer Anhänglichkeit, ihrer nachtaktiven Lebensweise, so ganz anders als „gewöhnliche" Haustiere, dass es einfach Spaß mache, wenn man als Mensch etwas für sie tun könne.
Und das kann im Grunde jeder. Fledermäuse kommen hierzulande in etwa 25 Arten vor. Sie heißen Breitflügelfledermaus, Abendsegler, Braunes Langohr oder Kleine Hufeisennase und sind kein bisschen gruselig. Die Mär vom blutsaugenden Nachtgetier, vor dem man sich in Acht nehmen muss, ist so weit hergeholt, dass sie nur noch für Fantasyfilme und Schauerromane taugt. In Wahrheit sind sie anmutige Flieger und sogar ausgesprochene Nützlinge. Durch das große Insektensterben der letzten 30 Jahre – etwa

Porträt eines Großen Abendseglers (Nyctalus noctula).

75 % der Insektenmasse ist inzwischen verloren gegangen – nagen die Fledermäuse am Hungertuch. Ihr Bestand ist stark gefährdet. Wir Menschen machen ihnen zudem den Wohnraum streitig, indem wir Dächer fugenlos abdichten, Altholz entfernen und unsere Gärten bis fast zur Sterilität aufräumen.

Was hielten Sie davon, diese possierlichen Tierchen in Ihren Garten einzuladen? Sie könnten ein fledermausfreundliches Blumenbeet anlegen, in dem bei Nacht blühende Pflanzen wachsen wie Wegwarte oder Leimkraut, deren Blüten Nachtfalter unwiderstehlich anziehen – ein gefundenes Fressen für Fledermäuse. Auch ein Teich lockt Insekten an, und so wird Ihr Garten zur nächtlichen Futterstelle. Dass Sie tunlichst auf Pestizide verzichten sollten, versteht sich von selbst. Und wenn Sie dann noch Höhlenkästen unter dem Giebel Ihres Hauses anbringen oder den hohlen Ast an Ihrem alten Obstbaum belassen, werden Sie Ihre helle Freude haben, wenn die Tiere in der Dämmerung auf Nahrungssuche ihre Flugkünste vollführen. Was für ein wunderbares Geschenk der Natur!

DIE Nacht –
Es geschah am 22. Oktober 1943

Die Ereignisse jener Nacht vom 22. auf den 23. Oktober 1943 haben sich tief ins kollektive Gedächtnis der Menschen in Kassel eingebrannt. Obwohl nicht mehr allzu viele von jenen am Leben sein dürften, die diese Nacht miterleben mussten, wird in Medienberichten, im persönlichen Gespräch und bei offiziellen Anlässen zu „runder" Jährung daran erinnert – teils in tiefem Schmerz, teils in der Absicht, Abschreckung zu erzeugen im Sinne der Haltung, dass von deutschem Boden nie wieder Krieg ausgehen dürfe.

Das Bombardement der Kasseler Innenstadt aus der Luft war Teil des alliierten Angriffsplans im Rahmen der „Area Bombing Directive", die das britische Luftfahrtministerium 1942 herausgegeben hatte. Die daraus folgenden Flächenbombardements trafen im Oktober 1943 auch Städte wie Dresden, Darmstadt, Hamburg und Pforzheim.

569 Bomber brachen am Nachmittag des 22. Oktober von England her auf. Gegen Viertel vor zehn am Abend erreichten sie Kassel. Weil die Piloten diverse Ablenkungsmanöver flogen, erging erst relativ spät der Fliegeralarm. Die Bomber setzten im Volksmund sogenannte „Christbäume" ab, Leuchtmarkierungen, mit denen die Bereiche der Stadt angezeigt wurden, in die die Piloten ihre tödliche Fracht abwerfen sollten. Dazu zählten vor allem die Stadtgebiete, in denen die Betriebe der Rüstungsindustrie ihre Werksgelände hatten: Nord-Holland, wo Henschel Lokomotiven, Panzer und LKWs für die Frontversorgung baute, im Lohwald bei Baunatal auf dem Gelände des heutigen VW-Werks Kassel – dort produzierte Henschel Flugzeugmotoren, in Bettenhausen, wo ein Ableger der Dessauer Firma „Junkers Flugzeug- und Motorenwerke" seinen Sitz hatte sowie der Flugzeugbaubetrieb Gerhard-Fieseler-Werke.

Doch trafen die Bomben nicht nur die Rüstungsbetriebe. 22 Minuten nach dem Absetzen der „Christbäume“ explodierten in der Altstadt Sprengbomben und Luftminen. Die Druckwelle deckte Dächer ab und ließ Fenster bersten. Ihnen folgten Stabbrandbomben, die letztlich das Inferno in Gang setzten: Die schon aufgerissenen Gebäude wurden ein leichtes Opfer für eine Walze aus Feuer, die sich unaufhaltsam durch die historische Altstadt Kassels fraß. Das teils aus dem 15. Jahrhundert stammende Fachwerk hatte dem Flammensturm nichts entgegenzusetzen. Binnen kürzester Zeit standen ganze Straßenzüge im Vollbrand. Nach dem Angriff waren etwa 80 % der Wohnbebauung in den Randbezirken Kassels zerstört, die Altstadt mit 97 % Zerstörungsgrad nahezu nicht mehr existent.

Unzählige Menschen flüchteten in dieser Nacht in die Luftschutzkeller. Teils waren dies Bunker, die als Schutzmaßnahme für die Bevölkerung extra errichtet worden waren, teils suchten die Menschen in den miteinander verbundenen Felsenkellern unter der Altstadt Zuflucht. Hier wurden sonst Lebensmittel gelagert oder Bier gebraut. Wie etwa in der sogenannten „Pinne“, einem Gebäude, von dem es hieß, es sei das schönste und prachtvollste Steinhaus der ganzen Altstadt. In den überirdischen Geschossen des 1592 errichteten Gebäudes betrieb ein Gastwirt seine Wirtschaft, darüber befanden sich Wohnungen. Die fünf Tonnengewölbe im Keller hatten einst als Brauerei gedient. Zu jener Zeit aber war der Keller bereits, ausgerüstet mit einer Gasschleuse, zum Luftschutzkeller umgebaut worden. Zu Beginn dieses Abends sollen sich etwa 250 Menschen dort aufgehalten haben, doch mehr und mehr kamen dazu, als die Flugabwehrgeschütze anfingen zu feuern. Einige verließen die Keller auch wieder, bevor die Bomber näher kamen. Die meisten aber, am Ende etwa 400 Personen, harrten aus, eng aneinandergedrängt, hofften und beteten, sie mögen die Nacht überleben.

Dann traf eine Bombe die „Pinne“. Die herabstürzenden Trümmer versperrten die Zugänge. Die Menschen saßen in der Falle. Als die Feuerwalze sich überirdisch ihren Weg durch die Wildemannsgasse fraß, entzog sie den Menschen, die unter der Erde gefangen waren, den Sauerstoff zum Atmen. Sie schliefen ein und wachten nie wieder auf.

Das „Gasthaus zur Pinne“ in der Wildemannsgasse auf einem Foto aus dem Jahr 1935 vor der Zerstörung der Kasseler Altstadt.

Man nennt es heute ein Wunder, dass die damals 12-jährige Edith Mahler sich einen Weg aus dem verschlossenen Keller hatte bahnen können. Sie erlebte mit, wie ihre Mutter und die Menschen um sie herum erstickten, machte sich los, kletterte über die Toten und Sterbenden, fand die Treppe nach oben und schaffte es schließlich, sich durch ein schmales Kellerfenster ins Freie zu zwängen. Man fand das Kind anderntags in einem benachbarten Stadtteil, orientierungslos und völlig durchgefroren, und schickte es nach Saarbrücken, weil keine Angehörigen ausfindig zu machen waren.

Heute ist die Geschichte des „Mädchens aus der Pinne“ in Kassel Allgemeingut. Die Verbindung zu ihrer Geburtsstadt hat Edith Mahler nie aufgegeben, die Ereignisse jener Nacht haben sie nie losgelassen. Auch ihre Söhne halten die Erinnerung an die Geschehnisse wach, indem sie Zeitungsausschnitte sammeln und zwei alte Fotos hüten. Das eine zeigt Edith auf dem Arm ihrer Mutter, da war das Kind ungefähr vier Jahre alt und ahnte noch nichts davon, dass es einmal solch eine Geschichte haben würde. Das zweite zeigt den „Klosterkrug“, ebenfalls eine Gaststätte in der Altstadt, die Ediths Eltern betrieben hatten.

Wie der beinahe komplette Rest der Altstadt ist auch der „Klosterkrug“ von der Kasseler Landkarte verschwunden. Dort, wo einst die „Pinne“ stand, befindet sich heute ein Spielplatz.

Die 7000 Toten der Bombennacht vom 22. auf den 23. Oktober 1943 wurden in einem Gemeinschaftsgrab auf dem Kasseler Hauptfriedhof bestattet.

Edith Mahler starb hochbetagt 2014. Sie wird immer das „Mädchen aus der Pinne“ bleiben und den Menschen in Kassel bei all dem Schrecken, den diese Nacht noch heute bedeutet, ein Trost sein.

Den Blicken entzogen – Der „Vertikale Erdkilometer“ von Walter de Maria (documenta 6, 1977)

Wie Sie sehen, sehen Sie nichts!
So könnten die Worte eines Stadtführers lauten, der die Besucherinnen und Besucher zu einem der monumentalsten und teuersten Kunstwerke führt, die je für eine documenta in Kassel realisiert worden sind. Selbst Comedian Atze Schröder lässt es sich heute, wenn er in der Stadt ist, nicht nehmen und schnappt sich schon mal ganze Schulklassen gegen das „Bestechungsgeld“ von einem Glas Cola pro Person, um ihnen das Kunstwerk zu zeigen, das ihn so begeistert. Denn auch die Schüler, wie wohl die meisten unwissenden Passanten, sehen auf dem Friedrichsplatz zunächst einmal ... nichts – höchstens ein Aufblitzen von irgendwo aus dem Staub, wenn Sonnenstand und die eigene Position stimmen. Bis sie den Blick zu Boden lenken.
Zu ihren Füßen, genau auf der Sichtachse zwischen dem Eingangsportal des Fridericianums und dem Denkmal Friedrichs II. von Hessen-Kassel, Landgraf und Museumsgründer mit einem Faible für die Vermessung von Erde und Universum, befindet sich besagtes Kunstwerk. Er wisse alles darüber, behauptet Atze Schröder, und wer den Telefonapparat am Rande des Platzes bediene, werde direkt mit ihm verbunden.
Das Kunstwerk besteht aus 17,141 kg reinem gelblich glänzendem Messing und ist genau 1000 Meter lang. Das ist doch eigentlich nicht zu übersehen, denken Sie? Doch genauso ist es. Alles, was das Kunstwerk von sich zeigt, ist der 5 cm umfängliche Kopf des Messingstabes, eingefügt in eine Sandsteinplatte, und eine verchromte Plakette, die den Künstler nennt. Fünf

Alles, was zu sehen ist von einem Kilometer Messing, ist die 5 cm im Durchmesser messende obere (oder untere) Endfläche des Stabes.

Zentimeter Messing. Mehr sieht man nicht. Alles andere befindet sich im Dunkeln, unter der Erde, dort, wo nie ein Lichtstrahl hinfällt.

„Allein die Vorstellung, dass dieser Stab einen Kilometer in die Erde geht“, fasziniere ihn jedes Mal, sagte Atze Schröder in seiner Sendung bei Hitradio FFH im Oktober 2019. Genau diese Vorstellung war die Absicht des 2013 verstorbenen Künstlers Walter de Maria, der in Kalifornien lebte und arbeitete. Als Vertreter des Minimalismus und der „Land Art“ – beides in den USA entstandene Kunstströmungen, die der zunehmenden Kommerzialisierung der modernen Kunst etwas, nämlich Unverkäuflichkeit, entgegensetzen wollten – war es ihm mit diesem Kunstwerk ein Anliegen, dass wir als Menschen über unsere Position nachdenken, und zwar wortwörtlich.

Wo sind wir? Wir sind hier oben, auf der Erdoberfläche, im Hellen, im Licht, und da unten, einen Kilometer tief im Boden, in Richtung des Erdmittelpunkts gebohrt, befindet sich das andere Ende des Stabs, umhüllt von kompletter Dunkelheit (und Beton). Einen Kilometer in die andere Richtung, also nach oben geschaut, befindet sich die wohlig schützende Gashülle um unseren Planeten Erde, bevor, noch weiter oben, wieder komplette Dunkelheit herrscht, fast genau wie unter unseren Füßen: das Universum, endlose Welten, die nie ein Mensch gesehen hat. Im Grunde genommen umgibt uns, oben wie unten, nichts als Schwärze. Wie können wir uns doch glücklich schätzen, im Licht zu leben.

Doch so endlos sind die Welten unter unseren Füßen gar nicht. Beim Bohren des Lochs für den Messingstab drang man nicht mal 0,015 % des Erdradius‘ tief unter die Oberfläche. Wenn mich eine Mücke ins Bein sticht, dringt ihr Stachel 22-mal tiefer in meinen Körper ein.

Auch wenn das minimal tief erscheint, in den wenigsten Fällen ist ein Mensch je dort unten gewesen, weshalb unsere Fantasie sich einschaltet. Und wenn es um lichtlose Gegenden geht, setzen gern düstere Fantasien ein. Jules Verne hat ein ganzes Buch geschrieben über „Die Reise zum Mittelpunkt der Erde". Die darin vorkommenden ausgestorbenen Tiere und Gefahren wie Stürme, Blitze und brodelnde Lava nehmen viele unserer Ängste auf, die wir mit der Dunkelheit verbinden. Manche davon sind Teil unserer kollektiven Erinnerung geworden.
Vielleicht gab es deshalb 1977 Proteste der Kasseler Bürger, als mit den Bohrungen für den „Vertikalen Erdkilometer" begonnen wurde. Vielleicht fürchteten manche, ein Ungeheuer aufzuschrecken, während sich andere darüber ärgerten, knapp 30 Tage lang Baukräne und ein Bohrgerüst auf dem Friedrichsplatz ertragen zu müssen, die den hübschen Anblick störten und den geliebten Rasen aufrissen, vom Lärm einmal abgesehen. Vielleicht hofften/bangten manche auch, man könnte auf Öl stoßen. Immerhin war die Stifterin der DIA Art Foundation, Philippa de Menil, Tochter eines texanischen Ölmagnaten und die Ehefrau von de Marias Galeristen Heiner Friedrich.
Öl wurde indes keines gefunden – kein schwarzes Gold unter dem Friedrichsplatz. Das hatten die Herren des Landesamts für Geologie auch nicht erwartet. Stattdessen förderte man Schicht für Schicht Erdreich und Gestein zutage, das nach ausreichender Untersuchung und Dokumentation durch die Geologen heute im Naturkundemuseum in Kassel zu besichtigen ist. Das aus dem Boden geförderte Bohrgut war seinerzeit so begehrt, dass am Rande der Baustelle ein Schwarzmarkt florierte. Gläschen mit Erde und Gestein fanden durch die Gitter des Bauzauns hindurch neue Besitzer.

So brachte das 750 000 DM teure Kunstwerk (für die 17,141 kg Messing müsste man heute etwa 54 € aufwenden) eine ganze Menge Wissen und Klarheit ans Tageslicht – viel Licht ins Dunkel.
Wie Sie sehen, sehen Sie eine ganze Menge, wenn man sich mit dem beschäftigt, was man nicht sieht. Ab jetzt werden Sie dieses Kunstwerk auf dem Friedrichsplatz nie wieder übersehen.

Umsturzsicher – Der Aschrottbrunnen vor dem Kasseler Rathaus

Es war einmal, vor vielen, vielen Jahren, ein Mann, der liebte die Stadt, in der er lebte, so sehr, dass er es sich zur Lebensaufgabe machte, sie zu erweitern, zu verschönern und die Lebensbedingungen der Menschen zu verbessern. Dazu brauchte er viel Geld.
Um das zu erwirtschaften, baute er den Leinenhandel seines Vaters zum Verlag um und stattete seine Arbeiter mit allem aus, was sie für die Herstellung der Stoffe brauchten. Sie konnten fortan von zu Hause aus arbeiten. Die dort entstandenen Produkte verkaufte der Mann und investierte den Gewinn wiederum in neue Webstühle, um seinen Heimarbeitern die Arbeitsbedingungen weiter zu verbessern.
Doch das Einkaufen, Verkaufen, Investieren in Sachen Textilien wurde dem Mann bald langweilig, und so schaute er, was er noch tun konnte. Leben wollte er in schöner Umgebung, und das sollten auch seine weniger betuchten Mitmenschen können. Und so kaufte er so viel Land, wie er bekommen konnte, und

betätigte sich als Stadtplaner und Stadtteilgründer. Mithilfe der Verantwortlichen in der Stadt erschloss er ein Gebiet, in dem die Menschen heute besonders gern wohnen – den Vorderen Westen.
Sicher, auch dieser Mann erlitt Rückschläge und nicht alles wollte ihm gelingen. Auch gab es Neider, die ihm den wirtschaftlichen Erfolg missgönnten und ihn diskreditierten, was ihm manchen Verlust einbrachte. Doch der Mann wurde nicht müde, seine Vorstellungen in die Tat umzusetzen. Und so stiftete er 1908 einen Brunnen, der den Vorhof des gerade entstehenden Rathauses schmücken sollte. Für die Gestaltung des Brunnens konnte er den Architekten gewinnen, der auch das Rathaus erbaute. Jener Karl Roth entwarf einen 12 m hohen Obelisken, geschmückt mit Widderköpfen und Blumenornamenten, ganz im Stil der Neorenaissance. Der Obelisk wurde in der Mitte eines sandsteingefassten Wasserbeckens errichtet, auf dass der Brunnen die Besucher des Rathauses mit seinem sprudelnden Wasser und seinem Anblick erfreuen möge und diejenigen zum Verweilen einladen, die zu Geschäften und Bürgeranliegen unterwegs waren.
Das tat der Brunnen ganze 21 Jahre lang und trug den Namen seines Stifters: Aschrottbrunnen, nach Sigmund Aschrott – Banker, Industrieller, Kaufmann. Aschrott selbst hatte nur sieben Jahre lang Freude an dem von ihm gestifteten Bauwerk. Er starb 1915 im Alter von 89 Jahren – in gewissem Sinne ein Glück für ihn, denn so blieben ihm die finsteren Jahre der deutschen Geschichte erspart, ebenso der 9. April 1939, der Tag, an dem braun-ideologisierte Kasseler vors Rathaus zogen und den Brunnen mit lautem Getöse zertrümmerten. Das Gutachten eines sogenannten „Talmudforschers“ hatte am Brunnen kabbalistische Zahlenmystik ausgemacht, Symbole der Freimaurerei – geheimnisvoll, suspekt, Unheil verheißend … und genauso

Winterbild des Kasseler Rathauses, ca. 1935, rechts sieht man den verschneiten Obelisken, der ursprünglich den Brunnen zierte.

auf Tatsachen beruhend wie die Mär von der „jüdischen Weltverschwörung“, der zu jener Zeit Millionen verblendeter Menschen aufsaßen, die dringend Schuldige für die desolate Wirtschaftslage und ihr eigenes Elend suchten.
Die Zeit nahm ihren Lauf, der zerstörte Brunnen wurde ein Blumenbeet und die braune Ideologie verschwand (fast). Ungeachtet aller Anfeindungen setzte sich in den 1980er-Jahren ein Verein Kasseler Bürger dafür ein, den Aschrottbrunnen wieder aufzubauen, den die Nazis als „Judenbrunnen“ und „Aschrott-Grab“ diffamiert hatten. Im Künstler Horst Hoheisel fanden sie einen Menschen, der diese Aufgabe reizvoll fand. Er schuf einen Brunnen, der eben nicht aufgerichtet werden musste, der niemandem ins Auge sticht, der nicht genau hinsieht. Die 12 m hohe Pyramide ragt jetzt in die Tiefe, quasi als Negativform im Boden, wo ihre Spitze auf einer nur 12 mal 12 cm großen Platte ruht, umspült vom Kasseler Grundwasser. Zu ebener Erde sieht man als Flaneur vor dem Kasseler Rathaus eine kreisrunde Fläche im Boden, Rinnen und Gitter. Wer sich darauf stellt, kann sehen und vor allem hören, wie das Wasser in die Tiefe stürzt – vielleicht ein akustisches Abbild dessen, was am 9. April 1939 geschah, ein Schrei aus der Vergangenheit, der den Passanten an das gemahnt, was verloren ging, und ihn zur Wachsamkeit ruft, auf dass solche finsteren Zeiten Geschichte bleiben mögen. Mit seinem Kunstwerk hat Horst Hoheisel den Aschrottbrunnen für alle Zeit davor bewahrt, wie sein Vorbild umgestürzt zu werden.
Ein Nachsatz: Zwar wurde der Brunnen im Jahr 1987 eingeweiht, dem Jahr der documenta 8, gehörte aber nicht zu den Ausstellungswerken. Als Carolyn Christov-Bakargiev Horst Hoheisel beim Reinigen des Brunnens beobachtete, erfasste die Leiterin der documenta 13 solche Begeisterung, dass sie den Aschrottbrunnen 2012 zum offiziellen documenta-Werk erkor.

Kopfüber ins Erdreich – Die Künstlernekropole in Harleshausen

Skulpturen kopfüber im Boden zu versenken, hat in Kassel allem Anschein nach Tradition. Nach dem „Vertikalen Erdkilometer“ von Walter de Maria zur documenta 1977 und der Pyramide des Aschrottbrunnens 1987 versenkte auch Timm Ulrich, selbst ernannter „Totalkünstler“, sich selbst Kopf voran in den Erdboden. Nun ja, nicht direkt natürlich. Wovon da noch die Fußsohlen zu sehen sind, ist seine 1992 entstandene Skulptur „Kopfstehendes Hohlkörper-Denkmal II“, der lebensgroße Abguss seines Körpers in Bronze, erschaffen für seine Grabstelle in der Künstler-Nekropole im Kasseler Stadtteil Harleshausen. Dass der „Totalkünstler“ seinen kompletten Körper in Bronze in die eigene Grabstelle integriert, vermag nicht zu wundern. Einen kleinen Haken hat die Sache jedoch: Nach seinem Tod darf nur seine Asche eingefüllt werden. Aus Gründen des Landschaftsschutzes dürfen keine unkremierten Körper in der Nekropole bestattet werden.

So ruht die Asche von Heinrich Brummack seit 2018 auf der von ihm geschaffenen steinernen Vogeltränke, aufgefangen in einer goldenen Urne in der Form eines Hasen. Andere Kunstwerke bestehen aus Steinquadern im Boden, die den Fluss des Lebens symbolisieren, wie dasjenige geschaffen von Rune Mields. Andere wiederum zitieren altertümliche Sarkophage, wie die Grabstätte des 1914 gestorbenen Fritz Schwegler. Man ließ statt seiner Asche Erde aus seiner eigentlichen Begräbnisstätte in Börtlingen in den Sarkophag füllen. Manche Kunstwerke ziehen schon von fern den Blick auf sich, wie „Momentum“ von Karl Oskar Blase, dessen stählernes Auge das Innen und Außen symbolisiert – Geist und Materie zugleich. 2016 wurde er hier bestattet.

Nur das Grab des Initiators Harry Kramer findet man als Besucher nirgends. 1925 in Lingen geboren und zuletzt Professor an der Kasseler Kunstakademie, ließ Kramer seine Urne 1997 anonym auf dem Gelände beisetzen.
Die Idee von einer Künstlernekropole trug er lang mit sich herum. Er wollte einen Ort schaffen, an dem Künstler als Auftraggeber und Mäzene einmal in eigener Sache tätig sein könnten. Selbstrealisierung und Selbstinszenierung in reinster Form sozusagen. Mit der Nekropole verwirklichte er die Idee von Kunst in öffentlichem Raum: Monumente in Parks und Grabstätten in Wäldern. Er, der sich mit einem Werk der „automobilen Kunst" an der documenta III im Jahre 1964 beteiligte, was Ausstellungen weltweit nach sich zog, finanzierte 1993 die „Stiftung Nekro-

Das Grabmal von Heinrich Brummack bildet eine Vogeltränke und stiftet damit auch für die eigentlichen Bewohner des Waldes einen Nutzen (hier noch ohne Hasen-Urne abgebildet).

pole der Stadt Kassel“ zum großen Teil aus eigenen Mitteln. Er verkaufte sein „Mechanisches Theater“ und Teile seiner Privatsammlung, darunter die allererste kinetische Skulptur von Jean Tinguely, die er dem französischen Künstler aus dessen Atelier in Paris heraus abgekauft hatte.
Unter den documenta-Künstlern fand er Mitstreiter für seine Idee der Nekropole. Und so verpflichteten sich 40 Künstler schließlich, Skulpturen beizusteuern und sich nach ihrem Tod auf dem Gelände der Nekropole beisetzen zu lassen.
Einige der Grabmonumente sind schon zu besichtigen. Ein 1,5 km langer Wanderweg führt im Habichtswald rund um den „Blauen See“, ein mit Wasser verfüllter Steinbruch, zu den einzelnen Kunstwerken. Mit Nachbauten von „Vergils Grab“ und der Herakles-Statue gelang Harry Kramer die Verknüpfung von barocker Kunst mit der zeitgenössischen Kunst des 20. Jahrhunderts. Immerhin liegt der Bergpark Wilhelmshöhe nur knapp 2 km entfernt. Ein Spaziergang könnte also durchaus beide Sehenswürdigkeiten miteinander verbinden.
Wer mag, kann sich auf www.kassel.de einen Audio-Guide herunterladen und erhält während des Spaziergangs weiteres Wissenswertes zu den Werken von Ugo Dossi, Werner Ruhnan (beigesetzt 2015), Gunter Demnig, dem Schöpfer der „Stolpersteine“ oder eben von Timm Ulrich. Sonst sieht man als Besucher vielleicht wirklich bloß offene graue Fußsohlen zwischen all dem Laub.

Berühmte Persönlichkeiten auf dem Altstädter Friedhof

Friedhöfe sind wunderbare Orte – außer es wird gerade jemand beigesetzt, den man liebt. Ansonsten sind Friedhöfe wunderbar. In der Stadt oder auf dem Land – ganz gleich. Sie sind Orte der Ruhe und des Friedens, wie der Name schon sagt. Selbst im dichtesten Stadtverkehr kann man während eines Spaziergangs oder auf einer sonnigen Bank für eine Weile vergessen, dass um einen herum Hektik und Betriebsamkeit herrschen. Manchmal hat man sogar das Gefühl, Geräusche wären hier insgesamt leiser.

Und dann die Skulpturen und Denkmäler, die liebevoll gestalteten Steine, die Blumen und Anlagen. Alte Friedhöfe, die nicht mehr für Bestattungen genutzt werden, bergen oft noch ganz andere Schätze als Blumenbeete, die nach der letzten Mode dekoriert sind. Alte Bäume findet man dort, so alt wie selten anderswo. Auch die verwitterten Grabskulpturen und -denkmale, oft aus Sandstein und mit Moos und Flechten bewachsene Zeugen ihrer Zeit, regen die Fantasie an. Im Falle des Altstädter Friedhofs bei der Lutherkirche gehen die Bestattungen bis ins 16. Jahrhundert zurück.

Bis 1843 diente der Altstädter Friedhof als Hauptfriedhof der Stadt Kassel und so finden sich hier die Gräber manch berühmter Persönlichkeit. Aus der Zeit vor dem Siebenjährigen Krieg sind allerdings kaum Steine erhalten. Und auch die verbliebenen Denkmale führen einen Kampf gegen die alltägliche Zerstörung durch die Abgase der Autos, die um den Lutherplatz brausen.

Hier ruhen einige nahe und ferne Angehörige der Kurfürstenfamilie Hessen-Kassel sowie etliche Frauen des Fürstenhauses: Kurfürstin Wilhelmine Karoline, gestorben 1820, ihre Schwie-

Historische Sicht auf den Lutherplatz und das neue Pfarrhaus, ca. 1908, links vor dem Gebäude das Reichenbachgrab.

gertochter, Kurfürstin Auguste Friederike Christine, gestorben 1841, deren Tochter Karoline Friederike Wilhelmine, gestorben 1854, und die Gräfin Luise von Hessenstein, gestorben 1829. Ihre Grabmale schützt das einzige Mausoleum auf dem Lutherplatz.

Ein nicht ganz erwünschter Spross der Familie ist in einer separaten, recht repräsentativen Grabstelle direkt neben der Lutherkirche bestattet: Graf Wilhelm von Reichenbach, unehelicher Sohn des letzten Kurfürsten von Hessen-Kassel, Wilhelm II., und dessen Geliebter Emilie Ortlöpp, der späteren Gräfin Reichenbach.

Ebenfalls zum Umkreis des Kurfürstenhauses zählt Christian von Eschwege. Er war derjenige „Schwarze Ritter", der die Leiche des Kurfürsten Wilhelm I. zu seiner letzten Ruhestätte auf der Löwenburg geleitete, sich dabei erkältete und eines frühen Todes starb. Mehr darüber lesen Sie in der Geschichte „Leichenwege, Hexen und Irrlichter".

Von weit größerer Bekanntheit sind vermutlich die Grimm-Frauen, die hier ihre letzten Ruhestätte fanden: Dorothea Grimm, die 1808 verstorbene Mutter von Jakob und Wilhelm, Charlotte Amalia, die Schwester der Brüder, die bis zu ihrer Heirat mit Ludwig Hassenpflug, kurfürstlichem Minister, den Haushalt der Märchen-Brüder führte, gestorben 1833, sowie Elisabeth Grimm, Ehefrau des weniger bekannten Grimm-Bruders, des Malers Ludwig Emil Grimm, gestorben 1842.
Für Freunde von Mathematik, Physik oder Astronomie dürfte das Grab von Jost Bürgi eine Pilgerstätte sein. Der 1632 gestorbene Schweizer hatte als Uhrmacher und Instrumentenbauer am Hof des Landgrafen Wilhelm IV. von Hessen-Kassel gedient und während dieser Zeit die Logarithmentafeln erfunden – einzig aus dem Grund, weil er des wiederholten Ausführens derselben Berechnungen überdrüssig war. Er baute Himmelsgloben, die heute zum Teil im Astronomisch-Physikalischen Kabinett der Stadt Kassel in der Orangerie zu bewundern sind. Einen dieser Globen baute Bürgi für Kaiser Rudolf I. von Prag, weshalb auf einer Platte auf seinem Grabstein geschrieben steht: „Auf diesem Friedhof liegt begraben der landgräflich hessische und kaiserliche Uhrmacher sowie Mathematiker Jost Bürgi, genialer Konstrukteur von Messinstrumenten und Himmelsgloben, Erbauer der genauesten Uhren des 16. Jahrhunderts, Erfinder der Logarithmen."
Wenn Sie also nach Ihrem Einkauf in den Geschäften des Königsplatzes Lust verspüren auf einen Ausflug in die Vergangenheit, schauen Sie doch mal auf dem Lutherplatz vorbei, reduzieren Sie Ihr Tempo, parken Sie Ihre Einkäufe neben einer Bank und lauschen Sie, was die Toten Ihnen aus der Geschichte der Stadt zu erzählen haben. Es sind die Stimmen ihrer ewigen Seelen, die da durch die Äste der Bäume streichen, und denen Inspiration zuflüstern, die sich die Zeit nehmen, hinzuhören.

Faszination Verfall – Was „Urban Explorer“ an (und in) Kassel finden

Was sie suchen und aufsuchen, sind die Orte, die andere längst vergessen haben. Mit ihrem Hobby bewegen sie sich zwar oft am Rand der Legalität. Doch eine fehlende Genehmigung hält kaum einen von ihnen davon ab, außergewöhnliche Fotos außergewöhnlicher Orte zu schießen.

Die modernen Abenteurer, von denen hier die Rede ist, nennen sich „Urban Explorer“ oder „Lost Placer“. Ihr Kodex: nur gucken, nichts anfassen. Das bedeutet, sie fotografieren, dokumentieren, was sie vorfinden, aber sie verändern nichts, tragen nichts hinein (außer ihrer eigenen Ausrüstung), zerstören nichts und nehmen auch nichts mit hinaus.

Städte am Beginn des 21. Jahrhunderts bieten „Urbexern“, wie sie sich kurz nennen, ein weites Spielfeld. Es ist üblich geworden, ausgediente Werkstätten aufzugeben, wenn sie nicht mehr den Anforderungen entsprechen, und anderswo ein neues Gebäude zu errichten, das den State-of-the-art widerspiegelt und zukunftssicher betrieben werden kann. Der Umbau alter Gebäude ist meistens viel kostenintensiver. Und so entstehen vielerorts Industriebrachen, verfallen Werkhallen zu Ruinen. Nach und nach kehrt die Natur zurück an die Stätten, an denen einst Maschinen den Takt angaben und Menschen diesem folgten.

Was die Urbexer reizt, ist das Authentisch-Historische, das Aus-der-Zeit-Gefallene, die Veränderungen, die ein Gebäude durchlebt, wenn der Mensch es verlassen hat. Ihr Metier sind Rost, Staub und Spinnweben, ihr Lohn das Gefühl von Abgeschiedenheit mitten in der Stadt, erstaunlicher Stille, ein Gefühl, angesiedelt irgendwo zwischen Melancholie und Romantik, gepaart mit unbändiger Neugier. So auch in Kassel.

Einige Ziele dieser modernen Abenteurer in und um Kassel hat die Hessenschau (hr-Fernsehen) 2019 in der Reihe „Lost places" besichtigt. Begleitet hat das Kamerateam mal ein Urbexer, mal ein Verantwortlicher, der sich heute um die Liegenschaft kümmert.

Im Stadtgebiet von Kassel ist das Gelände der Martini-Brauerei in der Kölnischen Straße ein solches Objekt der Begierde gewesen, bevor der Abriss der alten Brauereigebäude begann und das Areal zum „Martini-Viertel" umgebaut wurde. Heute steht nur noch das alte Sudhaus, doch statt des Biers, das in riesigen Braukesseln blubbert, werden dort bald die Lüfter unzähliger Computer summen. In dem vierstöckigen Backsteinbau entstehen moderne Büroräume. Von Interesse für Urbexer ist jedoch weniger das Sudhaus, auf dem heute noch der Namenszug des Gründers „Brauerei A. Kropf" prangt, als vielmehr das, was in den unterirdischen Felsenkellern zu sehen ist. Drei Stockwer-

Beliebtes Fotomotiv der Urbexer oder Lost Placer: die verlassenen und teilweise zerstörten Backsteingebäude der Textilfabrik Salzmann & Comp. in der Sandershäuser Straße.

ke tief geht es hinunter in die in den Fels geschlagenen Gewölbe – Kassels größte Keller. Bis zur Schließung der Brauerei lagerte hier das von vielen so geliebte Hopfengetränk. Knapp 5000 Meter im Quadrat maß die unterirdische Nutzfläche einst. 1895 hatte die Martini-Brauerei damit begonnen, an diesem Ort Bier zu brauen. Gegründet worden war sie bereits 1859 neben der Martinskirche, deren Silhouette die Brauerei noch immer im Wappen trägt. Bevor der Brauereistandort 2015 endgültig geschlossen wurde, zu diesem Zeitpunkt gehörte die Marke bereits der Einbecker Brauerei, hatten 120 000 Hektoliter pro Jahr den Betrieb verlassen.
Heute rinnt Sickerwasser von den kahlen Felswänden, ein glitschiger Belag wächst darauf, von dem niemand so genau wissen möchte, was das eigentlich ist. Das erste Untergeschoss mit seinen riesigen Gärbecken ist schon lange nicht mehr begehbar. Aus statischen Gründen mussten Teile davon mit Beton verfüllt werden, damit die Gebäude darüber auf sicherem Grund gebaut werden konnten. Über 1000 m^2 gingen so den begeisterten Urbexern an Spielwiese verloren. Doch sie freuen sich an den alten elektrischen Anlagen, deren Kabel zwar durchtrennt wurden, doch spinnenverwebtes schwarzes Bakelit, Sicherungsknöpfe aus Porzellan und Beschriftungen von anno dazumal fachen noch immer ihre Fantasie an. Der Verein ViKo-Nauten e.V. bietet heute Führungen in die alten Felsenkeller an. Die Zugänge in den Untergrund vom alten Sudhaus aus sollen auch nach dem Umbau des Gebäudes erhalten bleiben.
Heiß geliebt als „lost place" war auch das Fabrikgebäude des ehemaligen Textilherstellers Salzmann an der Sandershäuser Straße. Doch der Zugang für sie dürfte komplett wegfallen, wenn die Pläne des Investors endlich in die Tat umgesetzt werden können. Seit 2012 stehen die Gebäude leer und verfallen zuse-

hends. Hier haben die modernen Abenteurer ihre helle Freude: In Teilen des Verwaltungsgebäudes war die alte Wandvertäfelung noch erhalten, Möbel aus früheren Jahrzehnten standen noch so, als seien die Vorstandsmitglieder gerade vom Konferenztisch aufgestanden. An anderen Stellen des Geländes und der Gebäude aber zeigen sich ganz andere Bilder. Immer wieder in der jüngeren Vergangenheit drangen weniger wohlmeinende Menschen ein, um in Kellern und auf Fluren Brände zu entfachen. Die Salzmannfabrik war wieder und wieder Einsatzort für die Kasseler Feuerwehr.

Dennoch atmet das Areal den Charme all der Epochen und auch der Nutzungsarten, die es durchlebt hat. 1891 erbaute Heinrich Salzmann in Bettenhausen diesen Komplex, bestehend aus Weberei, Imprägnierwerk und Appretur. Er war der Sohn des Tuchhändlers Johann Georg Salzmann und hatte bei Sigmund Aschrott eine kaufmännische Ausbildung genossen. Von den ursprünglichen Werkhallen, den sogenannten „Sheds", sind nur noch Reste vorhanden. Während der Blütezeit der Textilherstellung beschäftigte Salzmann bis zu 5000 Mitarbeiter. An ca. 3000 Webstühlen wurden Stoffe für Industrie, Schifffahrt und Militär gewoben. Von den großen Kriegen hat die Fabrik jeweils stark profitiert, allerdings auch die beinahe völlige Zerstörung der Werksstandorte in Kassel und Böhmen hinnehmen müssen. Unbeirrt baute Salzmann seine Fabrik wieder auf. 1965 verursachte ein Großbrand einen Schaden in Millionenhöhe. Fertigprodukte waren zerstört worden und auch eines der Gebäude hatte schwer gelitten. 130 Feuerwehrleute waren an diesem Tag im Einsatz gewesen. Doch wie zuvor machte Salzmann weiter, bis 1971 schließlich die Produktion ganz eingestellt wurde. In ganz Europa fiel die Textilfabrikation der Verlagerung der Produktionsstätten in Billiglohnländer zum Opfer.

Es folgten Jahre, in denen die Kultur ins Haus Salzmann einzog. 1987 wählten die Macher der „documenta 8“ das Industriedenkmal als Ausstellungsfläche. Anfang der Neunzigerjahre begann der Diskothekenbetrieb mit dem „Aufschwung Ost“ und dem legendären Technoclub „Stammheim“. Die Einrichtung des letzten Clubs „Factory“ ist noch heute in Teilen zu sehen. Ganz zuletzt hatte die Geschäftsstelle der „Kassel Huskies“ hier ihr Domizil, bevor der Investor allen Mietern 2012 kündigte. Wohnungen für Studenten sollen auf dem Gelände entstehen, dazu ein Hotel nach jüngsten Plänen. Wann dies Realität wird, steht in den Sternen. Bis dahin finden die „Lost Placer“ in den Splittern geborstener Glasscheiben und den verblassenden Markierungen eines Tennisfeldes, in hingeworfenen „Tags“ von Sprayern auf Mahagonivertäfelungen und aus der Wand gerissenen Heizungsrohren die Fotomotive, die sie so sehr lieben.
Was bleibt, wenn der Mensch einen Ort aufgibt? Dieser Fragestellung gehen Urbexer nach. Nun, die Beispiele von Martini-Brauerei, der Salzmann-Fabrik, von alten Lokschuppen oder aufgegebenen Villen zeigen: Zuerst tobt sich der Teil der Menschen aus, die den Kick suchen, die ihre Zerstörungslust befriedigen, indem sie Waschbecken zertrümmern, Wände beschmieren oder Rohre aus der Wand reißen. Dann folgt die Wehmut, das respektvolle Andenken an das, was an diesem Ort einmal war, welche Bedeutung er in der Geschichte hat – die Salzmann-Fabrik zum Beispiel ist eines der bedeutendsten Zeugnisse der industriellen Revolution in Deutschland. Ihre Architektur war wegweisend für andere Fabriken ihrer Zeit. Und am Ende, wenn niemand sich mehr um ein Gebäude schert, wenn es selbst denen langweilig geworden ist, die Spaß an der Zerstörung haben, dann kehrt die Natur zurück, dann sprießen Löwenzahn und Goldrute im Bauschutt, krallen Birkenschöss-

linge ihre Wurzeln in abgebrochene Mauern. Manchmal dauert das kaum länger als ein Menschenleben.
Und irgendwann, wenn kein Zeitzeuge mehr da ist, der erzählen könnte, was hier einmal war, werden Archäologen mit Pinseln und Spachteln anrücken und das Mauerwerk und den Bauschutt auf ihre Art befragen. Denn selbst vergessene und verfallene Gebäude haben eine ganze Menge zu erzählen, nicht nur den „urbanen Entdeckern“.

Nichts mitzunehmen – Das Mausoleum der Brüder Lenoir in Fürstenhagen (Hessisch Lichtenau)

Von Mausoleen geht eine seltsame Faszination aus: Oft sind es besonders fein hergerichtete Bauwerke, opulente architektonische Kleinodien, die das Auge des geneigten Betrachters aufs Köstlichste erfreuen. Auf der anderen Seite jedoch gemahnen sie an die düsterste Stunde, die unweigerlich jedes Lebewesen heimsucht, ohne Ausnahme: den Tod. Was mit uns geschieht, sobald der göttliche Hauch des Lebens uns verlassen hat, das weiß niemand. Das liegt genauso im Dunkeln wie die Särge der Bestatteten in einem solchen Mausoleum. Wie die der Brüder Lenoir und ihrer Eltern in jenem Grabmal, das George André Lenoir in den Jahren 1903 und 1904 hat bauen lassen. Sein Architekt war Julius Eubell.
Das Mausoleum ist ein einstöckiges Gebäude, bestehend aus quadratischem Mittelbau und rechts- und linksseitigen Annexen, die den italienisch-florentinischen Baustil des Hauptteils aufnehmen. Es befindet sich auf einem Parkgelände an einem

Das Mausoleum der Brüder Lenoir in Fürstenhagen.

Teich. Schon von Ferne sieht es der Vorbeifahrende, mag es für ein Schlösschen halten, ein Gebäude, ganz auf Repräsentation ausgerichtet. Und genau das ist die Funktion eines Mausoleums. Doch dieses hier ist nicht bloß Grabmal für die Familie und Ausdruck des Reichtums und des Standes seines Erbauers. Besonders dieses ist auch ein „Denk“-Mal für die Lebenden, für uns, das Werk des Erbauers zu Lebzeiten zu betrachten und ihm nachzueifern.
George André Lenoir, 1825 in Kassel geboren, wuchs behütet in einer Familie auf, die man heute dem Mittelstand zurechnen würde. Der Vater, ein aus Metz eingewanderter Franzose, Angehöriger der hugenottischen Glaubensgemeinschaft, erwirtschaftete als Kaufmann einen gewissen Wohlstand, sodass George und sein 1830 geborener Bruder Jean Conrad sorglos aufwachsen konnten. George studierte in Kassel Chemie und Physik bei Koryphäen ihrer Zeit: Robert Bunsen und Justus Liebig. Er setzte seine Studien später in Paris fort und ließ sich schließlich in Wien nieder, wo er ein Geschäft für chemische und pharmazeutische Präparate, Lehrmittel und Laborutensilien gründete.

Die Firma arbeitete so innovativ, dass sie bei der Pariser Weltausstellung 1867 für ihre Produkte ausgezeichnet wurde.
Auch mit seinem Bruder Conrad arbeitete Lenoir zusammen. Sie gründeten einen Verlag, der Lithografien von berühmten Naturforschern druckte. Doch dieser Zweig von Lenoirs Geschäften endete allzu früh: Conrad verstarb 1872.
Die Firma in den guten Händen seiner Partner wissend, verkaufte George Lenoir seine Anteile 1888 und setzte sich in Südtirol zur Ruhe. Den Wiener Börsenkrach 1873 hatte er zu seinem Vorteil nutzen können. Dank des Preisverfalls war es ihm gelungen, ein ordentliches Vermögen mit Immobilien anzuhäufen. Er besaß ein Hotel in Meran – eine Bauruine, die er ausbauen ließ und mit großen Gewinn verkaufte –, eine Brücke, sowie das Heilbad Sliac in der heutigen Slowakei. Die Kureinrichtung florierte unter seiner Leitung und mauserte sich zu einem eleganten Mode-Bad, das vor allem der wohlhabenden ungarischen Gesellschaft um die Jahrhundertwende als Treffpunkt diente.
Bei all diesem Erfolg und all dem Reichtum plagte Lenoir jedoch deren Schattenseite: Er war allein. Nach dem Tod der Eltern und des Bruders stand er ohne Familie da. Dabei liebte er Kinder, so hieß es. „Mitnehmen kann man nichts" – das wusste der Geschäftsmann. Und so richtete er ein Schreiben an den Kasseler Bürgermeister, in dem er ihm die Pläne für seine „Stiftung der Brüder George und Conrad Lenoir" vortrug. Den Schwächsten der Schwachen, heimatlosen Waisen, wollte er ein Zuhause geben. Anlass für diese Idee war die Arbeit des Pädagogen Heinrich Pestalozzi, den Lenoir bewunderte. So entstand die umfassendste Stiftung, die in Hessen bis zu jener Zeit getätigt wurde. Ausgestattet zunächst mit zwei Millionen Goldmark, stockte Lenoir sie später nach dem Verkauf des Heilbades und anderer Besitztümer auf 6,5 Millionen Goldmark auf.

In Kassel fand sich jedoch kein ausreichend großes Gelände, um Lenoirs Pläne in die Tat umzusetzen, und so griff er zu, als der Ritter von Eschwege Bankrott anmeldete und seine Ländereien verkaufte. Das 4,5 ha große Gebiet um das Lenoir-Mausoleum herum ist heute eine der Exklaven der Stadt Kassel. Mittels der Stiftung ging der Besitz, zu dem vor dem Ersten Weltkrieg noch ein landwirtschaftlicher Betrieb, eine Mühle und eine Bäckerei gehörten, in den Besitz der Stadt Kassel über. Vor dem mittleren der drei zweigeschossigen Waisenhäuser trifft man Heinrich Pestalozzi heute noch als Denkmal unter einem Pavillon.

Bis zu 200 Kinder lebten in diesen Gebäuden. Kleine familienähnliche Gruppen gaben ihnen Geborgenheit und Sicherheit, und so vermochten sie „zu rechtschaffenen, körperlich und geistig gesunden Menschen", wie es auf einer Inschrift am Gebäude heißt, heranwachsen.

So bekam Lenoir doch noch „seine" Familie, „seine" Kinder. Doch länger als ein halbes Jahr konnte er die Früchte seines Tuns nicht mehr genießen. Er starb 1909, im Jahr der Einweihung seines Waisenhauses.

Seine Eltern und seinen Bruder hatte er schon früher in das 1904 fertiggestellte Mausoleum umbetten lassen. Selbstverständlich wurde auch er dort bestattet sowie acht weitere Personen, wahrscheinlich Menschen, die in der Obhut des Waisenhauses aufgewachsen waren oder dort gearbeitet hatten. Seit dem Ende des Zweiten Weltkriegs wurde niemand mehr dort beigesetzt.

„Man kann nichts mitnehmen" – Lenoirs Einsicht gilt heute wie damals. Und gerade dann, wenn die Zeiten finster werden und das Leben um einen herum scheinbar verrücktspielt, dürfen wir uns dessen bewusst werden, und an diejenigen denken, die ohne Handlungsmöglichkeit sind, an die Schwächsten der Schwachen. Sie brauchen unseren Schutz und unsere Hilfe.

Grimm gar grimmig – Schauder und Grauen in Haus- und Kindermärchen

„Das lese ich meinen Kindern niemals vor!“, sagen viele Eltern heute, wenn sie nach Grimms Märchen gefragt werden. „Viel zu grausam, zu viel Gewalt!“

In der Tat: In den „Kinder- und Hausmärchen“, dem wohl bekanntesten Werk der Brüder Jakob und Wilhelm Grimm, das sie zu ihren Kasseler Zeiten herausgebracht haben, wimmelt es nur so von Hexen und Zauberern, Unholden, bösen Menschen und noch böseren Tieren. Zöge man das heutige Strafgesetzbuch heran, kämen einige Jahre Gefängnis für die Delinquenten dabei heraus: Mord, versuchter Mord, Totschlag, Diebstahl, Kindesentführung, räuberische Erpressung, Kindesaussetzung, Nötigung, Zwangsverheiratung und, und, und.

Zu Grimms gar schaurigen Märchen mag man stehen, wie man will. Die meisten Menschen genießen eine Portion Grusel gern einmal – sofern sich der in einem sicheren Umfeld abspielt und wir ganz genau wissen, dass nichts wirklich geschehen kann. Noch gibt es in Kassel keinen sogenannten „Dungeon“ (obwohl das Grimm-Museum mit dem darunterliegenden Weinberg-Bunker eine ideale Location für so etwas wäre), in dem sich Pestszenarien oder Mordgeschehen oder die wahren Schauerlichkeiten der Grimmschen Märchen als Live-Schauspiel erleben ließen, wie das Gruselfreunde in Hamburg oder Berlin haben können. Im „Berlin Dungeon“ greifen die Veranstalter gar heutzutage die älteren Versionen der Grimmschen Märchen auf. Die in der Mitte des 19. Jahrhunderts veröffentlichten Fassungen haben die Brüder Grimm bereits mehrfach durch ihren redigierenden Eingriff „weichgespült“. Und doch sind sie nach wie vor ganz schön schaurig.

Für Kinder ist es dennoch ein Spaß – wie Halloween, nur viel lehrreicher. Vom Rotkäppchen lernen sie, nicht mit fremden Menschen mitzugehen. Sie lernen das Gute vom Bösen zu unterscheiden, wenn es im realen Leben auch viel subtiler daherkommt als in den alten Geschichten. Okay, die Sache mit dem Blaubart und seiner Blutkammer muss man den Kleinen vielleicht wirklich nicht vorsetzen.

Trotzdem: Im sicheren warmen Bettchen, Mamas oder Papas Hand auf der Bettdecke, darf schon mal ein Schneewittchen von der bösen Stiefmutter mit einem roten Apfel vergiftet werden. Das Mädchen wird ja durch das Stolpern eines unachtsamen Zwergs von dem Stück Apfel in seiner Kehle befreit und kann wieder atmen. Am Ende heiratet sie ihren Prinzen. Selbst die böse Stiefmutter erhält ihre Strafe. Sie muss so lang über glühende Kohlen tanzen, bis sie tot umfällt. Was für eine Erlösung! Der Gerechtigkeit ist Genüge getan, das Bettchen immer noch warm und Mama ist da. Mit diesem wohligen Gefühl lässt es sich wunderbar einschlafen.

Überhaupt sind Stiefmütter beliebte Bösewichte in den Grimmschen Märchen. Man denke nur an das Aschenputtel, Brüderchen und Schwesterchen oder Frau Holle. Der Wortbestandteil „stief" geht auf das indogermanische „steup" zurück, was so viel wie stoßen, schlagen, Stumpf oder Stock bedeutet. Nomen est omen! Auch die Geschichte von Hänsel und Gretel wartet mit so einer bösen Stiefmutter auf. In manchen Fassungen ist es auch die Mutter, die ihre Kinder im Wald aussetzen will, um ihr eigenes Überleben zu sichern – was die Sache kein bisschen besser macht. Im Gegenteil. Manch Kind mag dabei Mamas Hand ein wenig fester umklammern. Am Ende aber, nachdem die böse Hexe (noch so eine fiese Frau!) in ihrem eigenen Backofen schmort und Hänsel und Gretel mit Reichtümern beladen wie durch ein Wunder doch

wieder nach Hause finden, ist die böse Mutter gestorben und Vater und Kinder leben glücklich bis an ihr seliges Ende. Und wenn sie nicht gestorben sind ...
Apropos gestorben bzw. ausgestorben. Eine dieser schaurigen Märchenfiguren war tatsächlich der Ausrottung nahe. Wir Menschen in der ganz unmärchenhaften realen Welt haben sie bzw. ihn schon lange vor den Brüdern Grimm zum Feindbild erkoren und gnadenlos gejagt und getötet. Die Rede ist, Sie ahnen es längst, vom „bösen Wolf". Die Fabel kennt ihn als „Isegrimm" (!). Er taucht gleich in mehreren Grimmschen Märchen auf. Die bekanntesten dürften „Rotkäppchen" und „Der Wolf und die sieben Geißlein" sein. In beiden Geschichten hat der Wolf unbändigen Hunger und macht auch nicht vor Menschenkindern Halt.
Der „böse Wolf" an sich ist keine Erfindung der Brüder Grimm. Der Wolf ist des Menschen Feind, seit wir damit angefangen haben, sogenanntes Nutzvieh zu züchten: Schafe, Ziegen, Rinder. Sie sind und vor allem waren der Menschen kostbarster Besitz, aber unverändert der Wölfe Beute. Denn wie soll ein Wolf wissen, dass ein Schaf plötzlich jemandem gehört? Für ihn ist es schlicht eine Mahlzeit.
Der Wolf fuhr also fort damit, das zu fressen, wovon er sich nun mal ernährte – Zaun hin oder her. Also sah Mensch sich gezwungen, den Wolf zu verfolgen, am besten bis zur vollständigen Ausrottung, um seinen kostbaren Besitz zu schützen. Dies mündete zeitweilig in gesetzliche Regelungen, weshalb der Wolf in den hiesigen Breiten beinahe völlig von der Bild- bzw. aus der Waldfläche verschwand. Nur in entlegenen und unbesiedelten Randzonen konnten Rudel überleben.
Über Jahrhunderte, fast Jahrtausende hinweg herrschte dieses Bild vom Wolf: der brutale Räuber und Mörder menschlichen Eigentums. Kein Wunder, dass sich die Vorurteile fest ins kollek-

Großer böser Wolf?

tive Bewusstsein brannten. Auch heute noch, da Wölfe in freier Natur eine Zeitlang unter strengem Schutz standen, ist die Rede vom „bösen Wolf“ – ein transgenerationelles Erbe unserer Vorfahren in Glaube und Sprachgebrauch. Googeln Sie mal nach dem „bösen Wolf“, selbst in aktueller Berichterstattung wird er genau so tituliert. Denn Feindbild und Schadbild, wenn ein Wolf denn irgendwo aufgetaucht ist, haben sich nicht geändert. Noch immer ernähren sich Wölfe von kleineren Tieren: Rehen, jungen Wildschweinen, Hasen, Schafen, Ziegen, Kälbern, Hunden, Katzen, auch von Essensresten aus dem Hausmüll.

Inzwischen darf er sogar wieder bejagt werden – sicher ist sicher. Dabei steht nach Wolfsexperten nicht zu befürchten, dass die Tiere sich in stadtnahen Wäldern rund um Kassel dauerhaft ansiedeln könnten. Zwar gibt es große zusammenhängende Waldgebiete, die so ein Wolfsrudel durchstreifen könnte, doch mögen die Tiere keinen Autoverkehr. Also sind die um Kassel herum gesichteten Tiere (2019 hat man in Hessen insgesamt

sechs Individuen ausgemacht) aller Wahrscheinlichkeit nach nur auf der Durchreise. Was für ein Glück, dass wir so viele Bundesstraßen und Autobahnen haben!
Doch wie im Grimmschen Märchen hat auch die Sache mit dem Wolf einen äußerst positiven Aspekt. Es war nicht immer so, dass der Mensch keine Rezepte hatte, den Wolf zu akzeptieren und mit ihm zusammenzuleben. Amerikanische und andere Ureinwohner, in deren Umgebung Wölfe lebten, haben es zu früheren Zeiten verstanden, sich die unglaublichen sensorischen Fähigkeiten dieser Tiere zunutze zu machen, und zwar, um das eigene Überleben zu sichern und leichter Nahrung zu finden. Es soll sogar zu verschiedentlicher Annäherung zwischen diesen beiden Spezies gekommen sein. Ergebnisse dieser Verbrüderung mit dem Feind hören heute auf die Namen Fido, Sissi oder Charlie.

RAF-Häftling Nr. 1 – Astrid Proll

Freiheit – danach suchte sie. Was sie bekam, war der zweifelhafte Ruhm, der erste RAF-Häftling des „Deutschen Herbsts" zu sein.
1947 geboren, wuchs Astrid Proll zusammen mit ihrem älteren Bruder Thorwald in einem bürgerlichen Elternhaus der Mittelschicht auf. Astrids Eltern trennten sich, da war sie noch keine zehn. Das machte ihr zu schaffen, sie wurde aufmüpfig und so schickte der Vater, der nach dem Wegzug der Mutter ins Ausland das Sorgerecht erhielt, sie ins Internat. Ihren Protest dagegen drückte Astrid auf solche Art aus, dass sie die Regeln brach, wo es nur ging, was ihr Rauswurf um Rauswurf bescherte. Noch dazu erfuhr sie Diskriminierung, weil sie Frauen liebte.

Der Umzug nach Berlin nach dem Abitur musste wie eine Befreiung für sie gewesen sein. Dort studierte sie Fotografie, dort lebte ihr Bruder Thorwald, dort lernte sie über ihn den charismatischen Andreas Baader kennen, den „Marlon Brando der RAF“. Er inspirierte sie. Sie wünschte sich seine „Kraft und Vitalität“, schrieb sie später in ihrem Buch „Hans und Grete“. In ihm sah sie den Meister der „schlechten Manieren“. Die Freunde lebten in WGs, ersannen Gesellschaftsutopien, demonstrierten, organisierten sich in APO und Studentenbewegung, machten Kampagnen, um einen gesellschaftlichen Wandel herbeizuführen und wirklich endlich frei zu sein von dem „Muff aus 1000 Jahren“, der nicht nur unter richterlichen Talaren waberte, sondern in allen Bereichen der Gesellschaft. Die Gruppe um ihren Bruder und Andreas Baader, das war für sie „Existenz, Religion, Familie“, wie sie im taz-Interview sagt. Bis in Frankfurt die Kaufhäuser brannten und ihr Bruder Thorwald nebst Andreas Baader, Gudrun Ensslin und Horst Söhnlein deswegen verurteilt wurden.

Astrid Proll als freie Autorin und Redakteurin auf dem Weg zum Kriminalgericht in Berlin 1982.

Die Mitglieder der Gruppe hielten dennoch an ihrer Mission fest, glaubten daran, das Richtige zu tun. Während die Revision anhängig war, kampagnierten sie gegen das in der Republik praktizierte System der Heimerziehung. Jugendliche lebten teilweise wie in Zuchtanstalten. Misshandlung war an der Tagesordnung

– ein Missstand, der Astrid Proll mit ihrer Internatserfahrung am Herzen gelegen haben durfte.
Wieder folgte sie dem hohen Ziel, Freiheit für sich und andere zu erlangen, doch es sollte anders kommen. Das Urteil wurde rechtskräftig. Allerdings dachten Astrids Bruder und seine Freunde nicht daran, die Haft anzutreten. Astrid folgte ihnen in den Untergrund – anders als ihr Bruder Thorwald, der sich nach einem Jahr auf der Flucht schließlich stellte. Die Flüchtigen kamen nach West-Berlin, wo sie Unterschlupf bei Ulrike Meinhof fanden, einer Journalistin, die auch schon die Heimkampagne mit Reportagen begleitet hatte. Sie sollte auch berichten, als die Gruppe Andreas Baader aus der U-Haft in Berlin befreite. Auf den Hinweis eins V-Manns des Verfassungsschutzes hin hatte man ihn verhaftet. Bei der gewaltsamen Befreiung Baaders fuhr Astrid Proll den Fluchtwagen, und im Feuergefecht folgte Ulrike Meinhof den Freunden, die erst in der Folge dieser Aktion den Namen „Rote Armee Fraktion“ erhielt.
Flucht! Nichts mit Freiheit!
Selbst das Leben in einer Gruppe von Gleichgesinnten hatte nichts mit der ersehnten Freiheit und der familiären Wärme zu tun, wenn solche Zwänge damit verbunden sind, wie Astrid Proll sie im Untergrund erlebt hat. Kontakte außerhalb der Gruppe waren strikt untersagt. Niemand durfte wissen, wer sie waren. Jedes unbedachte Wort einem Fremden gegenüber hätte fatale Folgen für die Gruppe haben und von deren Angehörigen als Verrat ausgelegt werden können.
Was auch immer zu der Polizeikontrolle im Frankfurter Westend geführt hatte, Astrid Proll wurde 1971 verhaftet und nach Köln-Ossendorf gebracht, wo sie zwei Jahre lang inhaftiert war, mehrere Monate davon im „toten Trakt“. Hier gab es keine Mitgefangenen, keine Wärter, keine Geräusche bis auf diejenigen,

die sie selbst machte: ihr Blut, das in den Ohren pochte, ihr Herzschlag, das Geräusch des eigenen Atems, ihre Stimme, wenn sie mit sich selbst sprach. Sie hätte alles um sich herum kaputtschlagen mögen, solch eine zerstörerische Energie sei manchmal in ihr gewesen, berichtet sie im taz-Interview. Dass da überhaupt nichts war, kein Gegenüber, nichts Menschliches, habe sie fast um den Verstand gebracht.

Im Nachhinein mutmaßte sie, die staatlichen Stellen hätten nicht recht gewusst, wie sie mit ihr umgehen sollten, einer Frau, die dieser Gruppe hochgefährlicher Individuen angehörte, allesamt Staatsfeinde Nr. 1. Immerhin war sie die allererste, die aus den Reihen der RAF geschnappt worden war. Dabei war sie, was die Schwere der Straftaten anging, eher ein kleines Licht. Die Schüsse auf den Polizeibeamten, die während ihrer Festnahme gefallen waren, hatte nachweislich nicht sie abgegeben.

Doch das kam erst im abschließenden Prozess 1980 gegen sie ans Licht. Als man sie 1974 wegen der Schüsse vor Gericht stellte, platzte der Prozess. Die Isolationshaft in Köln-Ossendorf – der RAF-Anwalt Horst Mahler bezeichnete diese später als „weiße Folter“ – hatte sie seelisch und körperlich zerrüttet, sodass sie im Laufe der Verhandlung einen lebensbedrohlichen Kreislaufzusammenbruch erlitt.

Kaum zu Kräften gekommen, rettete sie sich durch erneute Flucht nach London, wo sie in der Hausbesetzerszene, den Squats, das fand, wonach sie sich so dringend sehnte: Freiheit. Zwar lebten die Londoner Hausbesetzer ebenfalls am Rande der Legalität, doch sie unterstützten einander, halfen sich. Niemand fragte Astrid Proll danach, woher sie kam oder wer sie war, obwohl die Freunde spürten, dass sie ein Geheimnis barg. Stattdessen kämpften sie für Menschen- und Bürgerrechte, allen voran für die Rechte von Frauen und Homosexuellen, die

trotz aller „Modernität“ der Gesellschaften in Europa noch immer Diskriminierung erfuhren – und es bis heute mancherorts tun. Kollegen in der Londoner Autowerkstatt, in der Astrid Proll sich zur Mechanikerin ausbilden ließ, sagten, sie habe keine Emanzipation eingefordert, sie habe sie sich genommen, sie gelebt.
Ein letztes Mal musste sie auf ihre Freiheit verzichten, als sie 1978 in London festgesetzt und ein Jahr später an Deutschland ausgeliefert wurde. Den Prozess 1980 wegen Raubüberfalls und Urkundenfälschung verließ sie als freie Frau. Zwar hatte man sie zu fünfeinhalb Jahren Haft verurteilt, doch rechnete man ihr die Monate und Jahre in Untersuchungs- und Auslieferungshaft an und setzte die Reststrafe zur Bewährung aus.
Nach dem Ende ihrer persönlichen „Katastrophe“, wie sie die Zeit im Untergrund selbst nennt, ist Astrid Proll als Buchautorin, Redakteurin und Fotografin unterwegs. In Freiheit.

Schön-schaurig rockt! – Leben und musizieren in alten Bunkern

Sie stammen aus dem Zweiten Weltkrieg, sind Relikte dieser finstersten Epoche unserer Geschichte und auch des sich anschließenden Kalten Krieges. Sie wirken abweisend, sind aus meterdickem Beton gebaut, manche heute noch geeignet, einem etwaigen Atombombenangriff zu widerstehen. Im Sprachgebrauch von Ämtern und Behörden heißen sie Schutzräume, der Mensch auf der Straße nennt sie schlicht: Bunker.
Kassel hat neun Bunker, doch nur wenige davon befinden sich noch in der Obhut von Bund oder Stadt. Zu denen zählt der Bunker unter dem Weinberg, den man in Führungen besichtigen

kann, angeboten von der Kasseler Feuerwehr. Einst Bier- und Eiskeller, fanden im Zweiten Weltkrieg 10 000 Menschen und mehr darin Schutz vor Luftangriffen. Mit den hier vorzufindenden feuchten, modrigen, finsteren Stollen lässt sich kaum mehr anfangen, als Verwegene und Abenteurer in Führungen in die Tiefe zu geleiten und ihnen die Schrecken des Krieges lautstark aufs Ohr zu geben, oder – wie es der Verein ViKoNauten e.V. im Viktoriabunker unter der Friedrich-Engels-Straße macht – Kurse abzuhalten, in denen die Teilnehmer lernen, bei vollkommener Dunkelheit ansprechende Fotos zu schießen.

Manch ein Bunker wird tatsächlich noch als Schutzraum gebraucht, wie derjenige unter dem Hauptbahnhof, der Teil des aktuellen Katastrophenplans der Bundesregierung ist. Er wurde zum Atombunker ausgebaut und verfügt über zwei Küchen und eine autonome Stromversorgung. Binnen weniger Stunden ist dieser Schutzraum einsatzbereit. Zuletzt hat man vier Stunden dafür gebraucht, und zwar direkt nach dem Mauerfall 1989. Die „Katastrophe“ bestand seinerzeit darin, dass massenhaft Menschen aus der ehemaligen DDR über die nahe Zonengrenze in die Stadt strömten, um so bald wie möglich die Segnungen der Welt des kapitalistischen Klassenfeindes zu erkunden. Bedauerlicherweise gab es in Kassel nicht genügend Betten für all die Neugierigen. So entschlossen sich die Verantwortlichen in der Stadt, den Bunker unter dem Hauptbahnhof als Notunterkunft für diese Menschen herzurichten.

Ganz und gar nicht den Charakter von Vorsorge für den Notfall haben die Umbaumaßnahmen an anderen Bunkern an sich, die in jüngster Zeit vorgenommen wurden oder aktuell laufen. Der Kalte Krieg ist vorbei, an Schutzräume stellt der Staat heute völlig andere Anforderungen, die in den alten Anlagen niemals hergestellt werden können. Deshalb verkaufte der Bund nach

und nach alle Hochbunker innerhalb der Stadt Kassel an private Investoren.
Den Anfang machte der Bunker in der Hafenstraße. Ein Ehepaar kaufte die Liegenschaft, weil der Ehemann sich für Bunkerbau interessierte. 2016 begannen sie in Eigenregie mit dem Umbau. Etliche Monate und unzählige Anstrengungen später konnten das Paar nebst Sohn sowie sechs weiteren Parteien in den vollkommen entkernten und neu ausgebauten Koloss einziehen. Bis zu siebzehn Tonnen schwere Betonstücke mussten aus der 1,30 m dicken Außenfassade des Bunkers herausgeschnitten werden, um Licht ins bis dahin stockfinstere Innere zu bringen.
Heute erinnert von außen fast nichts mehr an die Funktion als Bunker. Was ein Vorbeigehender sieht, könnte er für einen schmucken, geradlinigen Neubau halten. Das neu entstandene Wohngebäude an der Hafenstraße, Ecke Pulvermühlenweg, nimmt die Formensprache des umgebauten Bunkers auf. Im Treppenhaus zum Dach haben die Eigentümer einen Teil des aufgeschnittenen Betons unverputzt gelassen. Was man dort sieht, ist die freigelegte Substanz des Bunkers, das, woraus er gegossen wurde: 1,60 m dicker Beton mit Kiesbrocken und Eisenstangen darin. Kreisförmige und gerade Schnittspuren lassen die Fläche fast wie moderne Kunst wirken.
Es sei fast so als lebte man in einer Skulptur, meint einer der Mieter, auf die Besonderheit seines Wohnraums hin befragt. Und als Skulptur dient auch einer der als Fensteröffnung herausgeschnittenen Blöcke, den die Eigner in ihrem Vorgarten aufstellen wollen, sobald die Bauarbeiten am Gelände abgeschlossen sind. Damit wollen sie an das erinnern, was ihr Zuhause früher einmal war. Mit dem Erschaffen von Kunst hatte der Umbau sogar ein wenig gemein. Viel Schweiß und Anstrengung waren nötig, beständiges Lernen, Versuch und Irrtum, wobei der Ei-

Zum Wohngebäude umgebauter Bunker in der Hafenstraße.

gentümer sich zum Experten in Sachen Betonschneiden mithilfe von Diamantseilen entwickelte. Er gründete mit seinen neuen Kenntnissen eine eigene Firma und arbeitet heute an weiteren Bunkerumbauten mit.

Firmen, die sich auf die Neugestaltung ehemaliger Schutzgebäude spezialisiert haben, gibt es inzwischen an vielen Orten. Eine davon sitzt in der Gräfestraße in dem seit 2018 für Wohnraum genutzten Hochbunker. 1941 erbaut, hatten eine Schule und ein Theater den Raum für sich nutzen können, bevor der Bund das Gebäude an die nun dort ansässige Planungsfirma verkaufte.

Die riesige Bunkeranlage in der Vellmarer Straße ging 2018 in die Hände privater Investoren über. Der größte Kasseler Hochbunker steht seit 1941 an dieser Stelle und bot 4000 Schutzsuchenden Zuflucht. Später nutzten das Stadt- und das Naturkundemuseum das Gebäude als Lager. Die Wohnlage ist gleichzeitig attraktiv und auch wieder nicht. Während die eine Seite des Gebäudes den unverbaubaren Blick auf den Herkules genießt, steckt der rückwärtige Teil tief im Boden.

Im Dormannweg in Bettenhausen steht ein weiterer Bunker. 2020 soll der Umbau beendet sein. Hier hat sich ein Bremer Unternehmen eingekauft, das sich darauf spezialisiert hat, Bunker in Probenräume für Bands umzugestalten. Was läge auch näher? Durch die meterdicken Wände dringt kein Laut nach außen – was für ein Segen für die Anwohner. 73 Probenräume wird der Bunker beherbergen sowie einen Veranstaltungssaal, in dem die Bands ihr Können aufführen dürfen. Organisiert wird das Ganze vom Verein „Rockbüro", der bis zu dessen Umbau im Bunker in der Agathofstraße sein Domizil hatte. Den hat sich die Stadt Kassel für Kulturzwecke gesichert und modernisiert hier mit einem Investitionsvolumen von 1,7 Millionen Euro.
All diese Projekte beweisen: Relikte aus der Vergangenheit, die an die dunkelsten Flecken in der eigenen Geschichte erinnern, können ein neues Leben bekommen und den Besitzern ein Lichtblick sein. Alles, was es braucht, sind ein paar Millionen Euro, Durchhaltevermögen und eine gute Diamantseilsäge.

Hu! – Das Verschwinden der Unterführungen

Wenn wir als Kinder mit den Eltern Spaziergänge machten und Autobahnunterführungen durchqueren mussten, riefen wir jedes Mal hinein: „Hu!" Was für ein schauriger Spaß das war, wann das Echo von den moosbewachsenen Steinwänden widerhallte. Uns gruselte so, dass wir losflitzten, um so schnell wie möglich auf die andere Seite zu gelangen und wieder ins helle Sonnenlicht zu treten. Wie bedrückend die engen Wände, die niedrige Decke, der modrige Geruch. Und diese Kälte! Mochte es draußen noch so warm sein, in diesen Unterführungen war es immer kalt. Und feucht.

Genauso mulmig mag einem allein bei dem Gedanken werden, in einer Großstadt einen Fußgängertunnel benutzen zu müssen. Hu! Was man nicht alles hört von solchen Orten. Gefährlich sollen sie sein, unsicher, jede Menge Kriminelles spielt sich dort ab, finstere Gestalten tummeln sich darin. Und es ist feucht und kalt, und es stinkt!

Dass sie mit den Jahren schmuddelig geworden sind, mag stimmen. Doch das Gefühl von Bedrohung und Schrecken, das von ihnen ausgeht, ist eher ein subjektiv empfundenes, das allgemein angestiegener Angst und Besorgnis entspringt, angefeuert von heute allerorts verfügbarer und konsumierter Berichterstattung. Faktisch ist da wenig dran. In Unterführungen geht es keineswegs krimineller zu als andernorts. Man bewegt sich, was die Gefahr von Überfällen angeht, über- wie unterirdisch gleich sicher oder unsicher, je nach Sichtweise.

Dass die Stadt Kassel nach und nach den Großteil der einst 18 Unterführungen verschließt, hat eher damit zu tun, dass sie Zuwege und Treppen höchst kostenintensiv umbauen müsste, um sie an heutige Bedürfnisse in puncto Barrierefreiheit anzupassen. Da schüttet man sie lieber zu und gewinnt so Raum im Straßenbild; und Geld, das die Stadt für den Winterdienst in den Unterführungen hätte ausgeben müssen.

Dabei galten unterirdische Wege für Fußgänger in den Wirtschaftswunderjahren als der letzte Schrei. Im zunehmenden Kraftfahrzeugverkehr störten die langsam vorankommenden Zweibeiner. Damit der Verkehr frei fließen konnte, mutete man den Wirtschaftswundermamas deshalb zu, Kind und Kinderwagen die Treppen hinauf- und hinunterzuwuchten – freie Fahrt für freie Bürger! In unseren Tagen zetern Autofahrer wieder (oder immer noch), wenn Tunnel geschlossen werden, fürchtet man doch, der vermehrte Fußgängerverkehr oberirdisch könnte zu

längeren Staus führen, wenn die langsamen Zweibeiner, womöglich auf Gehstock oder Rollator gestützt, die Straße überqueren wollen.
Der Polizei allerdings sind offene, übersichtliche Kreuzungen wesentlich lieber. Denn bei allen Klischees, die es über Unterführungen in Städten so gibt, manches entspricht dann doch den Tatsachen. So flüchten Menschen, die Waren unter der Hand verkaufen, gern in den Schutz der Dunkelheit von Tunnels oder Parks. Da möchte man nicht gern zugegen sein. Sie müssen sich nun andere Verstecke suchen, wenn die Unterführungen geschlossen sind. Kaum anzunehmen, dass sie ihre Deals künftig unter aller Augen an einer roten Ampel abwickeln.
Apropos Geschäfte abwickeln: In manchen Tunnels, wie dem zwischen Hauptbahnhof und Treppenstraße, etablierten sich mit der Zeit Läden. Kioske machten auf und Läden für Souvenirs.

Das Kunstwerk „Gläserne Stadt“ des 1992 verstorbenen Kasseler Künstlers und Grafikers Dieter von Andrian, das bis 2019 unter dem Vorplatz des Kasseler Hauptbahnhofs in der Unterführung zu sehen war.

Auch Obst wurde dort verkauft. Und Socken. Die waren 1997 Anlass für einen handfesten Streit. Die Leiterin der documenta X, Catherine David, mokierte sich aus dem fernen Paris über die Provinzialität der Stadt, die sie an der Zahl der Sockengeschäfte festmachte. Die Kasseler schlugen gnadenlos zurück. Und so entstand eine documenta-Parodie, die „sockumenta X“ – mit eigenem Logo, einer breit durchge-x-ten Socke. Aus diesem Anlass malten Kinder ihre Vorstellung von moderner Kunst: lauter bunte Socken.

Unterführungen können aber nicht nur „sockumenta“, sondern auch aktuell Kultur. So nutzt der Verein „Raum für urbane Experimente (RuE)“ seit 2012 die Tunnel am Weinberg und am Holländischen Platz für Veranstaltungen und Ausstellungen. Was andernorts als Verschandelung gilt, ist hier Programm: Streetart in Form bunter Graffiti ziert die sonst trist-grauen Betonwände. Konzerte, Vorträge und Workshops beleben die unterirdisch kalten Räume. In der „GaleRuE“ bekommen regionale und überregionale Künstlerinnen und Künstler die Gelegenheit, ihre Werke zu zeigen.

Überhaupt scheinen Unterführungen Kultur anzuziehen. In den Achtzigerjahren nutzte der „Kulturbunker“ einen Teil der Unterführung unter dem Rathausplatz für eine Diskothek. Heute dient dieser Teil des Tunnels, der noch offen ist, als Notausgang für das darüber befindliche Hochhaus und als zeitweiser Unterschlupf für die Kasseler Stadtbücherei. Der Rest der Unterführung wurde 2016 im Zuge von Gleisbauarbeiten für die Straßenbahn mit Beton aufgefüllt.

Was wohl aus den sieben Unterführungen wird, die es heute noch in Kassel gibt?

Ober- und Unterwelt verbunden – Das Absturzbauwerk „Kleine Fulda“ an der Du-Ry-Straße

Absturzbauwerk? Was ist das denn? Ein Bauwerk, in dem Trunkenbolde gepflegt abstürzen können? Oder etwas, das im Krieg feindliche Flugzeuge zum Absturz brachte?

Weit gefehlt! Was hier abstürzt, ist Wasser, und zwar massenweise, wenn es nötig wird. Für den Flaneur in der Kasseler Oberneustadt zwischen Staatstheater, Regierungspräsidium und Orangerie mag die zweiteilige Betonkonstruktion aussehen wie eine documenta-Skulptur, von denen es in der Stadt einige gibt. Bis sie sich nähern und ihnen die durchsichtige Abdeckung im niedrigeren der beiden Betonkörper den Blick in die Tiefe gewährt. Wie durch ein Periskop schaut man da, nur nicht von unten nach oben, sondern von oben nach unten. Auf einem Bildschirm, eingelassen in das größere Betonobjekt, das wie ein Schutzdach über das andere ragt, erklärt ein Video, was genau man da sieht, nämlich etwas, was normalerweise den Blicken entzogen ist, das im Dunklen liegt, unter der Erde: einen Teil der städtischen Kanalisation.

Durch die vorgegebene Topografie standen die Stadt- und Siedlungsplaner in Kassel schon immer vor der Schwierigkeit, wie sie zwecks Entwässerung das Wasser aus der Oberstadt hinunter auf das Niveau der Fulda und der Auen bekommen sollten. Durch Rohre unterirdisch geführtes Oberflächenwasser aus Regen oder Schneeschmelze kann, bei ungünstiger Wetterlage, eine enorme Geschwindigkeit entwickeln, wenn das Gefälle der Leitungen zu stark ist. Das führt zu Wasserstau und schließlich dazu, dass das Abwasser aus den Kanalöffnungen zurück an die Oberfläche drückt und ganze Straßenzüge oder Gebäude

Der wie eine Skulptur aufgemachte überirdische Teil des Absturzbauwerks: rechts die Säule, in dem das Informationsvideo zu betrachten ist, links das „Guckloch“ in die Tiefe, wo Interessierte das Wasser beim Hinabstürzen beobachten können.

überschwemmt. Deshalb legen Wasserbauingenieure seit Jahrtausenden auf aller Welt Wert darauf, dass ihre Wasserleitungen nur ein geringes Gefälle aufweisen. Schon die alten Römer bauten so.

In Kassel sind seit den Tagen der Landgrafen im 17. Jahrhundert die besten Ingenieure ihrer Zunft mit solchen Themen befasst. Für den Bau der Wasserspiele engagierte Landgraf Karl seinerzeit den Franzosen Paul Du Ry, der von 1685 an am Kasseler Hof tätig war. Auf ihn geht das erste planmäßige Entwässerungsnetz der Stadt zurück. An dieses schließt sich eben jenes Absturzbauwerk „Kleine Fulda“ an, um das es hier geht.

12 m stürzt hier das Wasser in die Tiefe. Bis zu fünf Kubikmeter pro Stunde können hier abgeleitet werden. Starkregen ist also entwässerungstechnisch für die Oberneustädter kein Problem mehr. Wasser, das mit solch einer Geschwindigkeit fließt, besitzt eine enorme Energie. Würde das Wasser ungebremst in

der Tiefe ankommen, würde es nach und nach den Untergrund komplett zerstören, ob der nun aus Sand, Beton oder gewachsenem Fels bestände. Deshalb haben die Konstrukteure in regelmäßigen Abständen Plattformen in den Schacht eingebaut, die das herabstürzende Wasser bremsen und so die Energie vernichten. Als gezähmtes Abwässerchen vermischt es sich mit dem Wasser, das die Kanäle in der Unterstadt führen, und gemeinsam fließen sie in die Fulda.

Für die didaktische Aufbereitung eines Werkes heutiger Ingenieurskunst wurde das Absturzbauwerk „Kleine Fulda" 2007 mit dem 3. Platz beim Wettbewerb „Goldener Kanaldeckel" geehrt.

Ein Bomben-Erfolg – Gerhard Fieseler und der Flugzeugbau in Kassel

Bomben, abgeworfen während der Luftangriffe der Alliierten USA und Großbritannien, haben Wunden ins Kasseler Stadtbild gerissen, deren Folgen – auch bei den Einwohnern der Stadt – heute noch spürbar sind. Und sichtbar. Wo alte Bebauung fehlte und Neues in aller Eile hochgezogen wurde, schütteln wir heute bisweilen den Kopf und überlegen, was die Architekten sich dabei wohl gedacht haben. Bis wir verstehen, dass sie wenig andere Möglichkeiten hatten, in kürzester Zeit für bezahlbaren Wohnraum und neue Geschäftsflächen zu sorgen, um das Leben in der Stadt wieder anzukurbeln.

Dass aber auch Bomben der Grund dafür waren, dass zum Beispiel Bettenhausen und Waldau zu vorrangigen Angriffszielen wurden, verschwindet leicht unter der immer noch andauernden Wut und Trauer über den Verlust von mehr als 10 000 Men-

schenleben allein während der Bombardierung vom 22. Oktober 1943. Die Angriffe, die US Air Force und Royal Air Force in diesem Jahr flogen, galten den Rüstungsbetrieben im Osten der Stadt. Hier hatte die Gerhard-Fieseler-Werke GmbH ihren Hauptsitz und einen Teil ihrer Produktionsstätten. Die Bomben sollten die Werkhallen treffen, verfehlten aber ihr Ziel und zerstörten stattdessen die Siedlungen von Zivilisten. Die meisten davon dürften Mitarbeiter von Fieseler oder der benachbarten Junkers Motorenwerke gewesen sein, die ab 1940 Antriebe für die verschiedenen „Fi"-Modelle lieferten.
Ob Gerhard Fieseler sich diese Entwicklung ausgemalt hatte? Eher nicht. Als er 1930 seinen ersten Betrieb kaufte, eine Firma, die in Kassel Segelflugzeuge baute, galt seine Leidenschaft der Kunstfliegerei. Mit den Preisgeldern, die er für seine waghalsigen Manöver in der Luft eingeheimst hatte, finanzierte er den Kauf mit dem Ziel, das ganz und gar perfekte Kunstflugzeug für seine Zwecke zu bauen. 1928 entwarf er sein erstes Kunstflugzeug, die Fieseler F1, genannt „Tiger-Schwalbe", gebaut noch beim Hersteller Raab-Katzenstein, wo er zuvor beschäftigt war. Er nahm an Wettbewerben national und international teil und bildete andere Flieger aus, darunter auch Frauen wie Vera von Bissing.
Der Erwerb der eigenen Firma nebst Tüftelei an den Feinheiten der Flugzeuge ermöglichte es ihm, seine Fähigkeiten als Kunstflieger weiter und weiter zu vervollkommnen. 1934 gewann er die erste Kunstflug-Weltmeisterschaft in Vincennes bei Paris. Doch weil bei diesem Wettbewerb zwei seiner Mitstreiter ums Leben kamen, hängte er die Kunstfliegerei an den Nagel und sattelte vollständig auf Geschäftsmann um. Das Preisgeld investierte er in seine Firma, die sehr bald in den Fokus des Reichsluftfahrtministeriums rückte, das die „Fieseler Flugzeug-

bau Kassel“ ab 1935 mit dem Bau von Zivilflugzeugen und der Entwicklung eines Sturzkampfbombers beauftragte. Die „Fieseler Storch“ (Fi 156) war das erste für das Regime gefertigte und wohl bekannteste Produkt der Fieseler-Werke. Für die Luftwaffe war es bestens geeignet, weil es langsam geflogen werden konnte (Mindestgeschwindigkeit unter 50 km/h) und weil es auf kürzester Strecke zu landen und zu starten war (wie zum Beispiel auf dem Friedrichsplatz in Kassel). So kam die „Storch“ bei Versorgungs- und Aufklärungsflügen zum Einsatz.
Selbst Fieseler, den doch die Leidenschaft fürs Fliegen antrieb, durfte klar gewesen sein, dass die Nazis diese Flugzeuge nicht aus Jux und Dollerei bei ihm bestellten. Und spätestens als er mit den Bau von Kampfbombern vom Typ „Messerschmitt Bf 109“ begann, die im Spanischen Bürgerkrieg für die Truppen Francos von der „Legion Condor“ benutzt wurden, reihte Gerhard Fieseler sich endgültig in die Riege der Kriegsgewinnler ein.
Doch die Werkshallen in Bettenhausen gebaren noch perfideres Kriegsgerät als langsam fliegende „Störche“. Die Typenbezeichnung klingt harmlos: „Fi 103“, also das 103. Modell, das die Fieseler-Werke an die Nazis lieferten. Doch die „Fi 103“ war alles andere als harmlos. Besser bekannt ist das Fluggerät als „V 1“, als „Vergeltungswaffe 1“ – eine der im Dritten Reich von der Propaganda in den höchsten Tönen gefeierten Wunderwaffen.
12 000 Exemplare wurden zwischen 1944 und 1945 gebaut, der Großteil davon auf Ziele in England gefeuert, hauptsächlich auf London, und auf Belgien, auf das Gebiet um Antwerpen und dessen Hafen. Die „V 1“ war eine „fliegende Bombe“, ein unbemannter Flugkörper mit Sprengsatz, der, von einem Katapult abgefeuert, weit entfernte Ziele treffen konnte. Für die Entwicklung war der bei Fieseler beschäftigte Ingenieur Robert Lusser verantwortlich. Seit 1942 tüftelte er im Auftrag des Reichsluft-

fahrtministeriums an diesem Flugkörper. Getestet wurde die Waffe zum ersten Mal im Dezember 1942 auf der Insel Usedom in Peenemünde, wo heute noch die von Hellmuth Walther in Kiel konstruierte „Walther-Schleuder“ zu besichtigen ist, die 48 m lange Abschussrampe, mit der die „V 1“ und später die „V 2“ auf ihre Flugbahnen geschickt worden waren.
Die „V 1“ war jedoch nicht das Ende der Entwicklung. In ihrer Verzweiflung über den Verlauf des Krieges und darüber, dass die „V 1“ immer wieder wegen der mangelnden Kontrolle über die Flugbahn ihr Ziel verfehlten, kam 1944 die Idee auf, die „fliegende Bombe“ so umzubauen, dass ein Mensch den Flugkörper steuern konnte. Ausgerechnet eine Frau, die Testfliegerin Hanna Reitsch, machte diesen Vorschlag. Auch an dieser Weiterentwicklung war der Fieseler-Ingenieur Lusser beteiligt. Eine von einem Piloten gesteuerte „intelligente Waffe“ sollte her, die

Eine Fieseler „Storch“ (Fi 156) landet 1939 auf dem Kasseler Friedrichsplatz.

in ein Geschwader heranfliegender feindlicher Bomber gelenkt werden konnte. Dass der Pilot dabei starb, nahm man dabei billigend in Kauf. Die Aufbauten, also die Kanzel für den Piloten, erledigte die Reichenberg Segelflug GmbH, Typenbezeichnung „Fi 103 R“, weswegen die Waffe auch „Reichenberg-Gerät“ genannt wurde. Sie firmiert auch als „V 4“.
Die 175 Exemplare der „Fi 103 R“ sollten das Arbeitsgerät der Piloten sein, die sich für die Aktion „Selbstopfer“ freiwillig meldeten. (Jene „Freiwilligen“ waren zuvor auf das Fehlen jeglicher Selbstmordabsichten getestet worden.) Der Geschwaderkommandant legte jedoch kurz vor dem Start des Programms sein Veto ein. Die Aktion wurde gestoppt. Anders bei der japanischen Armee. Dort schaute man sich die Konstruktion ab und brachte sie zum Einsatz. Den Begriff „Kamikaze“ kennt heute jedes Kind.
Selbstmörder waren also nicht unter den Opfern der „fliegenden Bomben“, die in England und Belgien etwa 12 000 Menschenleben forderten, dafür starben umso mehr während der Produktion. Zeitweise waren in den Fieseler-Werken 10 000 Menschen beschäftigt, darunter ein nicht geringer Teil niederländischer und französischer Zwangsarbeiter. Nachdem die Werke in Kassel von den Alliierten bombardiert und stark beschädigt worden waren und die Produktion nicht den vom Reichsluftfahrtministerium geforderten Ausstoß lieferte, musste Gerhard Fieseler seinen Posten als Betriebsführer räumen.
Die Produktion wurde zum Teil in unterirdische Stollen bei Nordhausen in Thüringen verlegt, ins Arbeitslager „Mittelbau-Dora“, wo der Bombenbau vor weiteren Angriffen aus der Luft geschützt weitergehen sollte. Dort arbeiteten bis zu 5000 Zwangsarbeiter an der Herstellung und Montage von „V 1“ und „V 2“, beaufsichtigt von ungefähr 3000 Zivilangestellten. Fieselers Nachfolger

Sachs, den Albert Speer persönlich eingesetzt hatte, zögerte auch nicht, an den Zwangsarbeitern die Todesstrafe zu vollstrecken. 12 000 Menschen ließen beim Bau von „V 1“ und „V 2“ ihr Leben.

Der Spuk mit den ferngelenkten Waffen hatte noch vor der Kapitulation der Nazis im Mai 1945 ein Ende. 1947 schließlich beschlossen die alliierten Gouverneure, die „Gerhard Fieseler-Werke GmbH“ in Bettenhausen und Waldau im Zuge der Demontageaktivitäten abzubauen.

Was bleibt? Ein dunkler Fleck in der Geschichte der Stadt, die vielleicht auch deshalb die Erinnerung an die Ereignisse in der Bombennacht 1943 am Leben erhält, auf dass wir heute Lebenden uns bewusst sind und bleiben, wohin Fanatismus die Menschen führen kann und was daraus wird: blinder Eifer, Hass, Gewalt und unendliches Leid.

Weitere Bücher aus der Region

Kassel – einfach spitze! 100 Gründe, stolz auf diese Stadt zu sein
Peter Ochs
112 S., Hardcover, zahlr. Bilder
ISBN 978-3-8313-2909-0

Kassel – Farbbildband
deutsch/english/français
Iris Endisch
64 S., Hardcover, zahlr. Farbbilder
ISBN 978-3-8313-2512-2

Leben im alten Kassel
Mit Fotografien von Carl Eberth
Stephan Franke
96 S., Hardcover, zahlr. S/w-Bilder
ISBN 978-3-8313-2266-4

Kassel im Aufbruch – Die 50er-Jahre
Mit Fotografien von Carl Eberth
Stephan Franke
96 S., Hardcover, zahlr. S/w-Bilder
ISBN 978-3-8313-3222-9

„Schwer was los im Ahlen Nest"
Geschichten u. Anekdoten aus Kassel
Jürgen Nolte
80 S., Hardcover, S/w-Bilder
ISBN 978-3-8313-2454-5

Schaurig & schön – Dunkle Geschichten aus Nordhessen
Andrea Gunkler
80 S., Hardcover, S/w-Bilder
ISBN 978-3-8313-3236-6

Wartberg-Verlag GmbH
Im Wiesental 1 34281 Gudensberg
www.wartberg-verlag.de

Bücher für Deutschlands Städte und Regionen
Tel. 0 56 03 - 93 05 0
Fax. 0 56 03 - 93 05 28